著者 今井雅子

噓八百

PARCO出版

芸術とは、数ある嘘のなかで最も美しい嘘のことである。

——クロード・ドビュッシー

目次

一　柴田

うぶ出し屋　獺《かわうそ》

　ダッシュボードに置いたスマホが震えた。

　運転中の小池則夫は、ハンズフリーで電話に出る。

「お電話ありがとうございます。全国どこでも出張買い取り、古美術獺《かわうそ》です」

　車は横浜ナンバーのハイエース。後ろのスモーク窓には「全国どこでも出張買い取り　古美術　獺」の宣伝文句とフリーダイヤル。地方の蔵に眠る骨董を仕入れて売る「うぶ出し屋」を生業にしている。

　月の半分は一人暮らしのアパートに帰らず、車で寝る。運転席が寝床だ。

　シートを倒した後部座席は物置になっている。古美術関係の売立目録《うりたてもくろく》や図録、箱に納められていないハダカの掛け軸や仏具、埃だらけの花籠、薄汚れた銅像、中国土産の壺、色紙の束、食器……。売り物に見えないようなガラクタがひしめきあい、振動でカタカタと音を立てる。

「ギャラリー・フルムーン？　フルムーンではなくフルール？　満月ではなく花ですか。代理人？　ああ、弁護士の方ですか」

　そういえば、どこかの法律事務所から内容証明郵便が来ていた。まだ封は切っていない。

「は？　詐欺？　とんでもない。来歴など、虚偽は一切申し上げていません。ですから、代金の返還には応じられません。取引の際のやりとりは記録に残してありますので、必要でしたら提出させていただきます。それと、これは弁護士さんにお願いすることではないのですが、依頼人の方にお伝えください。弁護士を雇って文句をつける金と時間があったら、東京国立博物館《トーハク》にでも行って、国宝のひとつやふたつ見たほうが身のためですよ、と」

　電話を切り、ため息をつく。やれやれ。この世界の道理がわかっていない新米が、的外れなケチをつけてきた。

　ギャラリー・フルール。開店祝いの花に彩られた店は、品揃えも浮かれていた。古美術から現代アートまで、セレクトショップ感覚で節操がなかった。

「クリスティーズで茶道具史上最高落札価格を記録した、あの！」

オーナーの女は「油滴天目《ゆてきてんもく》」に飛びついた。

室町初期から文献に登場する「天目」は容器の形態を表す和名で、元々は茶碗と区別して使われていた。後に茶碗の一種とみなされ、現在では「天目茶碗」という呼称が定着している。

天目茶碗に使われる「天目釉《ゆう》」と呼ばれる鉄分を含んだ釉薬《ゆうやく》の溶け具合で、油滴のような斑紋が現れるのが油滴天目だ。室町時代に足利義政東山御殿《あしかがよしまさひがしやまごてん》内の装飾について能阿弥《のうあみ》や相阿弥《そうあみ》がまとめた記録の伝書である『君台観左右帳記《くんだいかんそうちょうき》』では「曜変《ようへん》天目に次ぐ第二の重宝」と位置づけられている。

クリスティーズに出された油滴天目茶碗は、下馬《げば》評から評価額が跳ね上がり、まさかの十二億円をつけた。あの黒田官兵衛《かんべえ》の黒田家伝来という出所の確かさが買われた。

もちろん茶碗にも力があったが、茶碗以外の大きな力も働いての十二億だ。

それを油滴天目なら高値で売れるとオーナー女は勘違いした。

則夫が見せたのは、中国の屋台で叩き売られているような粗悪品だったが、嘘はひとつもついていない。女の勘違いを訂正しなかっただけだ。自分で値段を釣り上げておいて詐欺呼ばわりとは、ふざけている。

買ったその日のうちに、返品したいと電話があった。似たような油滴天目もどきがヤフオクにでも出ているのを見つけたのだろう。

だいたい、あの女、油滴天目と曜変天目の違いもよくわかっていなかった。窯変《ようへん》に星の瞬きを意味する曜の字をあてて曜変。黒い釉薬の上に星のような大小の斑文が現れ、星のような輝きが生まれる。

どうやって星ができるのかは未だに謎で、再現も難しく、現在完存する曜変天目は世界に三点しかないと言われている。京都の大徳寺《だいとくじ》の塔頭《たっちゅう》、龍光院《りょうこういん》と大阪の藤田美術館と東京の静嘉堂《せいかどう》文庫美術館。いずれも国宝だ。

昨年、四点目を名乗る曜変天目がテレビの鑑定番組に登場し、真贋《しんがん》をめぐって物議を醸した。結論は玉虫色だが、あの女、今度は別のどこかで曜変天目もどきをつかまされるかもしれない。昔の俺みたいに。

二十年前、則夫は古狸《ふるだぬき》の道具屋に贋物《がんぶつ》をつかまされた。本阿弥光悦《ほんあみこうえつ》の赤筒茶《あかづつぢゃ》碗《わん》に似せた「写し」を、鑑定書の額面通りに「本物」だと信じてしまった。古狸とグルの鑑定家が書いた鑑定書がいかさまだった。

頭に花の咲いたオーナー女に言ってやりたい。目利きの世界じゃ、見抜けなかったほうが負けだ。

でも、百万で済んだなら、安い授業料じゃないか。

俺なんか、茶碗ひとつで店が吹っ飛んだ。

則夫が手放した店は横浜にあった。駅から七番目の停留所でバスを降り、なだらかな坂を上った突き当たり。海は見えないが、潮の匂いが時折風に混じった。

木造二階建ての二階が住まいで一階が店になっていた。元はその場所で父が古書店を営んでいた。正岡子規《まさおかしき》の雅号のひとつ、「獺祭《だっさい》書屋主人」を洒落《しゃれ》て「獺祭書店」といった。

獺が捕らえた魚を岸に並べるように、父は古書を棚に並べた。刊行して二十年に満たない書物は扱わず、ほとんどの本には値段がついていなかった。売り物というより供物のようだった。

父は日本各地の骨董市から古書とともに古い陶器の欠片《かけら》を持ち帰った。出土した土地も時代もまちまちで、色や厚みや肌のざらつきも様々だった。父に言わせれば、ひとつひとつ顔が違った。

父は陶片を標本箱に並べながら、それが生まれた土地と時代について、それを作らせた人物と形作った人物について、史実と空想を織り交ぜて語った。小さな茶碗の欠片が無口な父を衝き動かすほどの物語を抱いていることに、則夫は胸が高鳴った。

そうか。お前も好きか。そうか。

則夫が標本箱をのぞき込んでいると、父は眼鏡の奥の目を眩しそうに細めた。あの頃の父の気持ちがわかるようになったのは、ずっと後のことだ。

母は高校の古文の教師だったが、父との共通言語を持たなかった。一人息子の大学入学を見届けると、母は言葉の通じる相手と暮らし始めた。

留年を重ねた大学を卒業しないまま、則夫は古美術を扱う会社に入った。骨董市に通う学生の顔を覚えていた社長に拾われた。父が亡くなると、遺された店で道具屋を始めた。獺祭書店から一文字を継いで「古美術　獺」の看板を掲げた。

その年の暮れに娘が生まれた。伊万里焼の気品のある美しさにあやかろうと、「いまり」と名づけた。

いまりは箸より先に鉛筆を握り、そこらじゅうの余白にその痕跡を残した。やがて店番をする則夫の傍らで、店にある品々を描くようになった。茶碗の胴の微妙な凹凸や釉薬にひびが入ってできる貫入《かんにゅう》も、小さな手で描き取った。

そうか。お前も好きか。そうか。

「いまり、大きくなったら、おかしやさんかむかしやさんになる」

愛娘は、どんな骨董にもまさる宝だった。「むかしやさん」の甘美な響きに、則夫の胸はとろけた。父の古書店の名残まで抱き留められているように思えた。

だが、たった一碗で、むかしやさんは消し飛んだ。父が建てた木造家屋は取り壊され、跡形もなく消えた。「売地」の札が立つ更地《さらち》を前にしたとき、則夫は父がもう一度死んだように思った。

あれから二十年。則夫の車は西へ向かっている。助手席には若い女がいる。ヘッドホンで耳をふさぎ、窓の外を見ている。

「何を聴いているんだ？　洋楽か？　邦楽か？　英語のリスニング教材か？」

返事はない。若い女の頭の中は、来歴不詳の茶碗よりも謎に満ちている。かつて一緒に暮らした自分の娘であっても。

「いまり、何の勉強をしているんだ？」

「何？」

ようやく話しかけられていることに気づいて、いまりはヘッドホンを外す。

「今、何の勉強をしているんだ？」

質問を繰り返すと、

「親みたいなこと言うんだぁ」

娘はヘッドホンをかけ直した。

「親だろ。今でも」

呟きはヘッドホンに弾き返される。聞きたいことは、もっと他にあった。たとえば。

いまり、今も絵を描いているのか？

離れて暮らすようになったとき、いまりはまだ四歳だったが、いまりの描く人物には、すでに首があった。

保育園の壁に貼り出された子どもたちの絵は、どれも顔のすぐ下に肩があった。頭部と胴体が首でつながっているのは、いまりの絵だけだった。

首の出現は絵の成熟度のひとつの現れだと友人の画商は言った。自分の絵がほめられたように則夫は喜んだ。

美術館や展覧会に連れて行き、名品や名画に触れさせていることも、作品年齢を押し上げているのだろう。感想を表情に出さない子だったが、感動と余韻はいまりの内で静かに熟していたのだ。

「ノリオが現代アートを評価する日が来るとは思わなんだナァ」

フランス語なまりの関西弁で画商は皮肉を込めて言った。ピエールという名前で、そういう顔つきをしていた。

則夫が学生だった頃、骨董市に出かける先々で、ピエールは絵を売っていた。海しか描かない遠山金太という現代作家の作品だった。ギリシャ彫刻のような画商の目鼻立ちのほうが、絵よりも人目を引いていた。

ピエールは骨董も扱っていた。則夫はピエールから茶道具を買ったことはあったが、遠山金太の絵は買ったことも褒めたこともなかった。

絵であれ、茶碗であれ、誰が手がけたものであれ、現代美術は作品よりも作家が前に出て、作家の言動や思想が評価を左右する。トッピングが主張して麺や出汁の味がわからなくなっているうどんみたいだ。そう説教まじりにピエールに言ったこともあった。

そんな古美術至上主義のお前が娘の作品は手放しで褒めるのかと画商は揶揄したのだった。

「当たり前だろ。娘は別格だ」

「イマリはノリオの最高傑作やからナァ」

美術を熟成させるのは年月だが、子どもを成長させるのもまた時間だ。昨日はこうだった、去年は、生まれたときはと過去と比べ、明日はどうなる、来年は、成人したらと将来に想いを馳せる。則夫の時間の物差しは、娘の今を基準に前後を測るようになった。

一方、妻の陽子は、結婚しても出産しても自分のペースを崩さなかった。冊子も内容も薄っぺらい美術専門誌の契約記者で、営業もやっていた。則夫が就職した古美術店に広告を取りに来て、ついでに結婚相手を釣り上げた。

「自分で稼ぐから好きにさせてね」

それが陽子の口癖だった。出したものは散らかしっぱなしで、いつも何かを探していた。当時暮らしていた「古美術　獺」の二階は七十平米ほどあったが、床が見えている面積はその半分もなく、靴下は買うそばから独り身になった。

娘と過ごす時間は、母親よりも父親の則夫のほうが圧倒的に長かった。だが、両親が別々に暮らすことになったとき、いまりが選んだのは母親だった。

四歳だったいまりは、二十四歳になっていた。

月に一度の約束だった面会は、陽子の事情で度々延期されたが、急な出張が入ったからと則夫の都合を聞かずに預けられたことも度々あった。月に一度が季節毎に一度になり、半年に一度になり、会わない時間が長くなると、次に会うのがお互い億劫になった。

年に一度の誕生日を祝う名目で会うときでさえ、何歳になったかと尋ね、答えを聞いて驚き、背丈も尋ね、その答えにまた驚くと、もう話すことは残されていなかった。

「会いたかったんでしょ。あの子に父親の仕事を見せてやってよ」

突然いまりを送り込んできた陽子は、あいかわらず調子が良かった。電話では母親らしいことを言っていたが、娘を押しつけようとしているのが見え見えだった。

陽子によると、いまりは今年大学卒業を控えているが、卒業後の進路は決まっていないという。父親の仕事にも父親自身にも興味はなさそうだが、おとなしくついて来たのは本人の意思なのだろう。

一人で暮らしていてもおかしくない年頃だが、放っておくと危なっかしいということか。

高校生の頃、いまりがふらりと家を出て、二、三日帰らなかったことが何度かあった。その都度、早朝でも深夜でもおかまいなしに陽子は電話をかけてきた。そのくせ見つかったときには何も言ってこない。

「どこ行ってたのって聞いたら、空見てたって言うのよ、あの子。風船みたい」

他人事みたいに笑うなよ。母親だろ。お前が紐をしっかり握っていてくれよ。

「大丈夫。私の子だから」

私の子じゃなくて、俺たちの子だろ。

カーラジオをつける。関西弁のパーソナリティの軽妙でマンネリ気味の語り口が車内に弾ける。いつもの時間。間もなく星占いが始まる。

欠かさず聴くようになったのは、車を走らせて全国を回るようになってからだ。たまたまラジオから流れてきた占いが「一攫千金」と告げたその日、飛び込みの蔵に掘り出し物の唐津茶碗が眠っていた。五点を十万円で買い上げたものが、十倍の値で売れた。それ以来、験《げん》を担ぐようになった。

「続いて双子座の方、ツイてますよー。西に吉あり。旅行は関西とか九州とか西のほう行ってみてください。名前に西がついた人と、なんかするんもええんとちゃいますかね。なんかって、なんですやろ」

西に吉あり。

西には堺がある。堺には、あいつらがいる。二十年前、俺に「光悦」をつかませた古狸とグルの鑑定家。

話はとっくについている。今さら何をするつもりなのか。計画はなかったが、あの町に乗り込むなら今だと背中を押された気がした。いまりが送り込まれたことも意味があるのかもしれない。

則夫はアクセルを踏み込んだ。


堺の歴史は古い。なにせ古墳がそこかしこにある。筆頭は仁徳天皇陵古墳《にんとくてんのうりょうこふん》。五世紀半ば頃に約二十年をかけ、のべ数百万人を動員して築造されたというから、その頃の堺は日本のど真ん中だったのだろう。

古墳時代から平安時代にかけては、須恵器《すえき》と呼ばれる土器の一大生産地だった。

応仁の乱で焼け出された人民を受け入れて一挙に人口が増え、中国との勘合《かんごう》貿易で栄えると、世界的な大貿易港になった。イエズズ会の宣教師らは堺を「日本のベニス」と呼んだ。十六世紀末にポルトガル人が製作した地図には、「Ｓａｃａｙ」の名が記されている。

信長《のぶなが》、秀吉《ひでよし》の頃、日本中の宝は堺に集まっていると言われた。当時の名物が残っていれば宝の山だが、大坂夏の陣のとばっちりで、すっかり焼き払われた。第二次世界大戦の堺大空襲でとどめを刺され、堺からはもう何も出ないと道具屋連中は思っている。

則夫はハイエースの速度を落とし、左右に建つ豪邸を値踏みしながら走る。

電柱の住所は「大美野」。南海高野線の北野田駅から車で数分、戦前からの高級住宅街だ。この辺りは堺の旧市内から外れているから、空襲は免れている。

角地にめぐらせた白塗りの塀から蔵の瓦屋根が顔を出している。奥には二階建ての日本家屋が見える。上物《うわもの》だけで一億は行くと踏んだ。蔵の中身も期待できそうだ。

車を停め、コートを羽織りながら外に出る。風が冷たい。

「いまり、一番上のボタン留めとけ」

「私も行くの？」

「相手が油断する」

「相手が安心するって言ってよ」

いまりは膨れっ面で車を降り、勢い良くドアを閉める。静かな住宅街にバンッと乾いた音が響く。

格子戸の門の脇に掲げた表札には「絹田」とあった。

「おたくら、何ですのん？」

振り返ると、スーパーの袋を提げた男が立っていた。歳は則夫よりひとまわり下、四十代後半といったところか。細身で背丈があり、顔つきは尖っている。何かに似ている。蜥蜴《とかげ》だ。

「わたくし、こういう者でして。ちょっと蔵を見せてもらえないでしょうか」

名刺を出した。

「はぁ。古美術？　これ何て読みますのん？」

「かわうそです」

「はぁ、カワウソ」

男は名刺から蜥蜴面《づら》を上げると、則夫の一歩後ろに立っているいまりを見た。

「娘です。見習い中でして」

則夫が紹介すると、いまりが愛想良くお辞儀をする。外面《そとづら》の良さは母親譲りだ。

「古いもんでしたら、ぎょうさんあります。見てもらえまっか」

蜥蜴男が格子戸の門を開ける。ほら見ろ。油断しただろ。

手入れが行き届いた松が立ち並ぶ庭を通り抜け、蔵へ向かう。母屋も蔵も建ったのは戦後と思われるが、絹田家は安土桃山時代から続く家らしい。

「当代で二十二代になります」

蜥蜴男がさらりと言う。この男が当主だろうか。名家を受け継ぐ気負いはまるで感じられない。

寒空の下、庭先で男が背中を丸めて黙々と手を動かしている。毛糸の帽子をすっぽりかぶり、分厚い上着の襟を立てている。隠居の老人が盆栽でもいじっているのかと思ったら、近づいて顔を見ると若い男だった。ピンセットをちまちまと動かし、模型のようなものを組み立てている。

「セイジ、お客さんや」

当主の呼びかけに返事はない。若い男は当主の息子らしい。

「親父の血を引いたんか、けったいなもんに夢中になってしもて」

親父というのは先代のことだろうか。こんな覇気のない道楽息子に家を継がせるのは、先が思いやられるだろう。

「夏場はあそこでバーベキューしますねん。贔屓《ひいき》の肉屋から、ええ肉仕入れますんや」

母屋の二階はウッドデッキになっている。絹田家が相当な資産家らしいことはわかった。早く蔵が見たい。代々の伝来物や先代の蒐集品が眠っているかもしれない。

急な階段を上って蔵の二階に則夫といまりを通すと、「ごゆっくり」と言い残し、当主は立ち去った。

則夫が棚に懐中電灯を向けると、光の輪の中に棚を埋めつくす桐箱が浮かび上がった。いずれも年季が入った古び方をしている。

目についた桐箱を手に取り、箱書きを読み上げる。

「雨漏《あまもり》茶碗　銘　蓑虫《みのむし》」

「蓑虫？」

いまりが聞き返す。

「茶碗に蓑虫なんて、意表をついた名前だよな。染《し》みの出具合を喩えているんだ。面白いだろ。数々の名物を愛蔵した松平不昧公《まつだいらふまいこう》がとくに愛用した高麗茶碗だ。染みの広がりを雨漏りに見立てて、雨漏茶碗と呼ばれている」

箱の中身の茶碗には、取ってつけたような染みが点々とついている。味もへったくれもない。

「本物なの？」

「本物は東京南青山の根津美術館にある。重要文化財《じゅうぶん》だ」

「なーんだ」

茶碗が仲を取り持ってくれ、娘と会話らしきものを交わせた。ありがたいお宝ではないが、「蓑虫」もどきに感謝する。

その隣の桐箱の箱書きは、「三宝《さんぽう》」と読めた。

医師の中尾是閑《ぜかん》が愛用したことから是閑唐津とも称される唐津茶碗。その中でもとくに名物の呼び声高いのが、「三宝」だ。これも本物は堺市の南西に隣接する和泉市にある久保惣《くぼそう》記念美術館に所蔵されている。

重要文化財級の箱書きが次から次へと現れるが、中の茶碗はどれも最近作られた写し物ばかりだ。値がつくとしてもせいぜい数千円。これでは現代作家の日用雑器と代わり映えがしない。

それなりの出来の写しを二十点ほど見繕うと、蔵から母屋の応接間へ運んだ。

「あの蔵でカフェでもやりたいと思てましてね。蔵ごとさらえてもろたら助かるんですけど」

応接テーブルの向こうで蜥蜴面の当主が揉み手をする。

「車に載る分ということで」

載せようと思えばまだ載るが、小商いの贋物をいちいちさばくのは面倒臭い。千円の茶碗を百個売るより、十万の茶碗をひとつ売るほうが手っ取り早い。とはいえ、せっかく来たのだから、タダでは帰れない。日銭は稼がなくては。

「そうですか……。一千万」

当主が吹っかけてきた。

それだけの価値はある。すべて本物であれば。

どう答えたものかと則夫は紅茶をひと口飲む。ぬるい。薄い。カフェをやりたいと言う男が淹れた紅茶とは思えない。

茶請けのバームクーヘンは、でかでかと切り分けられている。和菓子の「たねや」が「クラブハリエ」という洒落た名で出している高級品だ。これ見よがしな大きさで迫られると、ありがたみが薄れる。

見栄を張っているのか、加減を知らないのか、金持ちの感覚はよくわからない。一千万という言い値も、当主にしてみれば安いくらいなのかもしれない。

「こちらの品々は、いつ頃から伝えられているものでしょうか」

どれも伝来物ではないとわかった上で、あえて聞いた。

「親父の道楽ですわ。ただの土くれに、なんぼつぎ込んだんか。この茶碗ひとつで車一台買えるて、親父、言うてました」

当主が「柴田」を手に取った。

柴田勝家《かついえ》が織田信長から賜ったことから「柴田」の銘がついた青井戸《あおいど》茶碗。国の重要文化財にも指定されている。これも本物は根津美術館にある。

写しであっても、名のある陶工の手によるものや、時代を帯びたものであれば、高い値がつくこともある。だが、これは明らかに最近作られたものだ。時代づけのためにつけた染みや汚れがわざとらしい。これなら何もつけないほうがマシだ。

「この『柴田』は、時代を騙《かた》った贋物《がんぶつ》、正真正銘の偽物《にせもの》です」

当主はぽかんと口を開いて、蜥蜴面を間延びさせている。焼き物道楽の先代につけ込み、法外な値段で売りつけたのは、どこの道具屋かと問うと、

「樋渡開花堂《ひわたりかいかどう》言うて、この辺りでは名の通った老舗です」

樋渡開花堂。

俺に「光悦」をつかませた古狸め。素人まで食い物にしていたのか。その証拠が則夫の目の前に、手の中にあった。

これを持って樋渡開花堂へ乗り込めと「柴田」が囁いた。

「では、この茶碗だけ譲っていただけますか。これでカフェオレでも飲みます」

「カフェオレ?」

蜥蜴男が首を傾げて聞き返した。

則夫は樋渡開花堂を二度訪ねている。二十年前、「光悦」を買いに行ったときと、返しに行ったときだ。

本阿弥光悦の赤筒茶碗の話が舞い込んだ当初は、半信半疑だった。光悦が新たに市場に出るとなれば事件だ。オークションにかけても、かなりの高値が期待できたはずだが、樋渡開花堂は買い手を人づてに探していた。

その噂が道具屋筋に流れ、横浜の則夫の耳に入った。京都の老舗の茶問屋が所持していた品で、遺産相続がらみで秘密裏に現金に換えたいという売り主の事情があるという話だった。

光悦本人から渡ったことが代々口伝されているが、それを裏づける箱書きや文書《もんじょ》はない。伝来が薄弱だが、あの棚橋清一郎の鑑定書がついていると聞いて、堺まで出かけてみる気になった。テレビの鑑定番組にレギュラー出演している鑑定家なら、軽はずみな鑑定はしないだろう。

樋渡開花堂は、前を通り過ぎても気づかないほど目立たない店だった。店主の樋渡《ひわたり》は、店以上にこぢんまりとして陰気な男で、地味な顔に不釣り合いな明るい赤のベストを着ていた。則夫の視線に気づいたのか、これ還暦祝いでんねんとベストを短い指でつまんだ。

「この商売、長いんですか」

「かれこれ半世紀ですわ」

還暦から半世紀を引き算すると十歳になる。この店主、大丈夫か。惚け始めているんじゃないのか。茶碗を取りに店の奥へ引っ込んだ店主の小さな背中を見ながら、則夫は堺に来たことを後悔し始めていた。

「私には、どうも判断つきかねるんですわ。棚橋先生は本物やて言うてはるんでっけど。まあ見たってください」

店主が自信なさそうに風呂敷を解《ほど》いたときには、期待はしぼみきっていた。

だが、その茶碗が箱から姿を現したとき、有無を言わさず引き込まれ、腑《はらわた》をつかまれた。薄暗い店内で、そこだけが光に縁取られているように目映かった。学生の頃から光悦を拝める機会があればつかまえ、光悦の景色を目に焼きつけてきた。その目が瞬時に光悦を見て取った。

本阿弥光悦が土と切り結んでいる。その張り詰めた息遣いが見える茶碗だった。

光悦の作陶は、立体が線の連なりから形作られていることを思い起こさせる。名作と言われる映画のひとコマひとコマが完成された構図の名画であるように、光悦の手から生まれる器は、どの角度を切り取っても線が際立ち、輪郭が鋭く鮮やかだ。直線と曲線が躍動し、拮抗し、独特のリズムを生み出している。

光悦が書家であったことも関係しているのだろう。光悦の書がそうであるように、光悦の器は音楽を感じさせる。

その赤筒茶碗には、力強いリズム、音楽があった。隙のない線の連なりは凛として結び合い、張り合い、茶碗でありながら刀のような気迫をみなぎらせていた。光悦はまた刀の鑑定家でもあった。

「ええと思てくれはりましたか。そらありがたいことで。こういうんは出会いものですからな。今日、お客さんの後にも二人、見せて欲しい言う人がいてまんねや」

迷う時間はなかった。

父の古書店の頃からの贔屓客に、書道の大家がいた。光悦ゆかりの品が出れば知らせて欲しい、光悦であればどんなものでも良いと相談されていた。手つけの五百万を払い、横浜へ舞い戻った。書家に話を持ちかけると、すぐさま話がまとまった。

茶碗が書家の手に渡って半年が経った頃、書家の自宅の茶室に招かれ、光悦の茶碗で茶を点《た》ててもらった。

茶碗を手に取り、持ち上げ、回し、口をつける。いかがですかと書家に聞かれて、茶の味を問われたのだと思い、結構ですと答えると、書家は言った。

「優しくないんです。お茶碗が」

書家が何を言おうとしているのか漠然としていたが、何か決定的なことを告げようとしているのは予感できた。

「茶碗は飲む人に優しくなくてはならないというのが、私のお茶の先生の口癖でした。その言葉を借りれば、これは優しくない茶碗です。この作り手は茶を嗜《たしな》まない。茶の道に明るくない。であれば、茶碗の作者は光悦ではないということになります」

書家は言い切った。昨日今日気づいたのではない。おそらく初めてこの茶碗で茶を飲んだときから感じていたことなのだろう。

言われてみれば、茶碗から伝わる茶のぬくもりに違和感があった。熱いと感じたのか、ぬるいと感じたのか。覚えているのは、たしかに違う、と感じたことだった。違う、光悦ではない。そう思いつつ、それを打ち消す材料を必死で探した。

茶碗を捧げ持ち、口縁《こうえん》と自分の目の高さが同じになるまで目線を少しずつ上げていくと、光悦の稜線の描くリズムが見えてくる。真似しようとして作れるものではない。光悦の呼吸から生まれるリズムだ。

あらためて見ると、その茶碗は光悦のリズムをはみ出していた。作り手は勢い余っているようにも何かを持て余しているようにも思えた。その逸脱を則夫は光悦の凄みだと受け止めてしまった。

樋渡開花堂で見た目映い光は、光悦の線の切れ味が放つ閃光ではなかった。欲に眩んだ目が見た幻影だった。

となると、棚橋清一郎の鑑定書はどうなる？

まさか、あの棚橋清一郎も惑わされていたのか。

あるいは、樋渡開花堂が鑑定書をでっち上げたのか。

書家から茶碗を預かり、則夫は再び堺へ出向いた。

「鑑定書は棚橋先生が書かれました。真筆です」

店主に悪びれた様子はなかった。

則夫は茶碗の作者が光悦ではないと気づいた根拠を述べ立てた。そのことを棚橋清一郎は知っていたのか。茶碗の真の作者はどういう人物なのか。

「これをこしらえたんは光悦やと言うたんは、そちらさんでっしゃろ」

店主がすごんだ。開いているのか閉じているのかわからない細い目が、その一瞬、大きく見開かれた。

たとえ真作ではなかったとしても、見抜けなかったほうが悪い。茶碗の真贋、鑑定書の信用の問題ではない、目利きの問題だと店主は突き返した。真贋の判断がつかないボンクラ店主のふりをしたのは、芝居だったのだ。

なんという古狸……。

鑑定家もグルだったのだと則夫はようやく気づいた。写しであれば、相当出来が良くても数百万円止まり。真作であれば、桁が違ってくる。樋渡開花堂は棚橋清一郎を抱き込み、虚偽の鑑定書をつけ、「光悦」代を騙し取ったのだ。

こいつら。

光悦を騙《かた》って、悪びれもせず、騙されたほうが悪いと言ってのける鉄面皮《てつめんぴ》に、痛烈な怒りがこみ上げた。許せない。光悦を冒涜している。古美術を冒涜している。

古美術店の社員だった時代は下手を打っても会社が守ってくれたが、一国一城の主は自分で自分の尻を拭うしかなかった。

赤筒茶碗を買い戻させて欲しいと則夫は書家に申し出た。

「君が本物だと言ってくれたら、私も本物だと思い直すことができたのかもしれないよ」

書家の言葉は、全額返金に応じた四千万円の損失以上に則夫を打ちのめした。

客に贋物をつかませてしまった上に、客から指摘されるまで半年もそのことに気づかなかった。則夫は自分の欲に負けた、いや、自分の目に負けたのだ。法外な「光悦」代を払って手に入れたものは、ただひとつの教訓だった。

騙されたほうが悪い。

日の当たらない裏通りにあった樋渡開花堂は、堺市役所前から延びる大通りに場所を移し、鉄筋三階建ての店舗を構えていた。すぐ近くを路面電車の阪堺《はんかい》線が走っている。

店の前にハイエースを停め、則夫は建物を見上げる。壁面から浮き出た「樋渡開花堂」の金文字が誇らしげに夕陽を跳ね返している。

なんだよ。俺は店を巻き上げられたが、古狸は店を太らせたってわけだ。俺からせしめた「光悦」代も建造費の一部に化けたんだろう。

店内も見違えるようになっていた。天井は高く、照明は明るく、ガラスケースは磨き込まれ、品物が三割増しに見える。

「いらっしゃいませ」

則夫に気づいて、店主の樋渡が声をかけた。屈託がない。一見《いちげん》の客に対する態度だ。「柴田」を見せても、初めて見るような反応だ。

とぼけているのか、惚けているのか。まぶたがたるんで細い目はますます埋没し、古狸ぶりに磨きがかかっている。

「織部《おりべ》のええのんが入ったて、連絡もろたけど」

着流し姿の銀髪の老人が下駄の音を響かせて店に入ってきた。

「棚橋清一郎」

則夫が思わず名前を口にすると、

「テレビよう出てまっしゃろ」

古狸が得意顔になった。

あの「光悦」の鑑定書を番組に応募して、棚橋清一郎本人に鑑定させてやろうかと何度思ったことか。のうのうとテレビに出続けていられるのは、誰のおかげだ？

睨みつける則夫の視線に棚橋は気づかず、涼しい顔をしている。小太りな古狸と並ぶと、枯れた細身に銀髪の棚橋は古狐《ふるぎつね》だ。

「センセ、ええとこに来はりましたわ。これ、なんぼになりまっしゃろ」

「五千円」

古狐は迷うことなく「柴田」に値をつけると、

「青井戸茶碗。あおいど。お姉ちゃんのおいどに色つけて、あと五百円」

いまりの尻に目をやり、からかう。いまりは「おいど」の意味がわからず、きょとんとしている。

「五千円の茶碗が、売るときには五十五万に化けるわけですか」

則夫は声を落とし、古狐と古狸の反応をうかがう。絹田家の当主が言っていた「車一台」の値段がいくらかわからないが、相手の出方が読めないので、低めに言ってみた。

道具屋が道具屋を欺くのは駆け引きですけど、道具屋が素人を欺くのは詐欺。そうでしたよね、樋渡社長。

「失礼ですけど?」

「失礼しました」

則夫が名刺を出すと、古狸は「かわうそ」と読み上げる。その表情に動揺は見られない。二度会った男の顔どころか名前も覚えていないというのか。「柴田」のことも白を切るつもりか。

「大美野の絹田はんでっしゃろ。あきまへんで、あの締まり屋は。できそこないでもかまへんから安ぅ譲って欲しい言うて、一万に値切りはりましたんや。五千円で仕入れたもんを五十五万で売ったら儲け過ぎでっけど、一万円で売ったったらサービスでんがな」

古狸は、あっさり認めた上に開き直った。相手が尻尾を出したらつかまえてやるつもりだったが、自分から尻尾を出した上に振り回しやがった。

「この箱よろしな。江戸の大名道具の几帳面箱。茶碗が引き立ちますな」

「センセ、そうでっか。ほな、この箱に二万円つけましょ」

茶碗よりも箱のほうが高く売れた。

「獺は若い娘に化けて、人間をたぶらかすと言いますな。お嬢ちゃんのおいどに、かわいいしっぽがついとったりしてな」

「新品同様なので、値がつかなくて残念です」

いまりが古狐に言い返す。この気の強さは母親譲りだ。

「おーおー、元気のええお嬢ちゃんや。骨董になったら見せにおいで」

古狐が面白がって調子に乗る。帰るぞといまりを急き立てた。

「獺はん、気ぃつけて川帰り」

わずかな金に見合わぬ敗北感を受け取り、則夫は樋渡開花堂を後にした。

茶碗焼き　蜥蜴《とかげ》

「これ何て読むん？」

老眼を名刺に近づけたり離したりしながら、絹田の親父が聞いた。

「カワウソですやん」

知ったかぶって野田佐輔は言う。おれもさっき知ったばっかりやけど。

大美野の絹田家の応接間。数時間前に「古美術　獺」の男と向き合ったテーブルで、帰宅した当主の絹田昭太郎に留守番の報告をしている。

カワウソは佐輔を当主だと勘違いし、佐輔の言う「親父」を死んだ先代のことだと思ったようだが、絹田の親父はまだくたばっていない。腹が地面につきそうなほど足の短い犬を連れて、息子夫婦の家へ孫の子守りに通っている。

その間、佐輔が留守を預かっている。蔵を見せて欲しいという道具屋が来たら、商談をまとめ、売り上げの一割を手数料として受け取る。

蔵にある茶道具は絹田の親父の道楽で、こしらえたのは佐輔である。

「柴田だけ買《こ》うて行ったて、何考えてるんや、その道具屋」

「これでカフェオレでも飲む、言うてましたわ」

「カフェオレ？　柴田で？」

佐輔もそのことを考えていた。カフェオレて、なんやねん。

「まぁ、よそに売り飛ばすつもりなんやろ思いますけど」

最初はカモが来たと思た。カワウソは若い娘を連れとった。自分の娘やと言うとったけど、なんやよそよそしいて、親子には見えんかった。

うまいこと言いくるめて、蔵ごとさらえさせたろと思とったのに、柴田だけ買《こ》うて行きよった。

「ほんでその道具屋、いくらで買《こ》うたんや」

「親父さんは、あの柴田、いくらで買《こ》うたんですか。樋渡開花堂から」

「せやから車一台分つぎ込んだ言うてるやろ」

いつもの返事や。親父は決して値段を言わん。

「二万で売れましたわ」

「柴田が？　たった二万？　アホらし。わしが買《こ》うたった犬の皿より安いがな」

親父はハエを払うみたいに顔の前で手を振る。

ほんまは二万五千円で売れた。二万で売れたことにしとけば、五千円が佐輔の懐に入る。

留守番のバイトを終えて、佐輔は家に帰った。

大阪湾の近く、南海線の湊駅と阪堺線の東湊駅に挟まれた一画。灰色の壁の二階建ての木造集合住宅の一階の北の端。庭つきといっても日の当たらないささやかな裏庭。住戸は八世帯あるが、外に洗濯物を干しているのは佐輔の家だけだ。隣も上も空室なのか壁はぺらぺらなのに物音は聞こえない。

康子が学生時代に下宿していた部屋に佐輔が転がり込んだ。そのとき康子の腹にいた一人息子が外に出て二十七年経つ。

「せーちゃんは？」

床をミシミシ言わせて、パート先の肉屋から康子が帰ってきた。亭主にただいまと言うかわりに息子の居場所を聞いてくる。

「知らんわあんなやつ」

佐輔が絹田家を出るとき、誠治は寒空の下でまだ模型を作っていた。

「それ、何作ってるんや」と聞いたら、

「アルデンヌの戦い」と気の抜けた答えが返ってきた。

「アルデンヌかアルデンテか知らんけど、そんなんで食えるんか」

「こんなん食われへんで。プラスチックやもん」

力が抜けて、一人で帰ってきた。

「ほんま誠治のヤツ……。あんなんで大丈夫か。なあ康子、どない思う?」

「親子やん」

店でもらってきた国産牛の切れ端を冷蔵庫に押し込みながら、康子は一言で片づける。

「せやから腹立つんや」

高校三年のときの進路指導の三者面談。焼きもんを作る人になりたいと佐輔が言うと、そんなん聞いてへんと母親は目をむいた。

「お父ちゃんアテにならんし、あんたの下に三人つかえてるんやで。大学は行かせたるけど、終身雇用の会社の正社員になり」

「茶碗焼きには定年ないで」

「せやから、焼きもんなんかで食べていかれへんやろ？」

「当たり前やん。焼きもんなんか食われへんで」

あのとき母親に放った矢が、息子から返ってくるとは。遺伝子の逆襲や。しょーもないとこばっかし似て、イヤになるわほんま。しかも実際食えてへん。カミさんに食わせてもろてる。

今日の稼ぎは、売り上げ額を誤魔化してくすねた五千円と、売り上げ申告額の二万円の一割の手数料二千円を合わせて七千円。まだええほうやけど、ゼロの日のほうが多い。時給九百八十円の肉屋で朝十時から夕方六時まで働いている康子の稼ぎが頼りや。

佐輔と康子は大学で出会った。阪南美術工芸大学に新設されたばかりの陶芸科。その新入生歓迎会で隣に座ったのが康子だ。同級生の女子の中で一番目が大きく、一番声も大きく、目立っていた。

「野田君、ええ手してるわ」

そんな理由で、康子はそれからも佐輔の隣にいた。

「わたし野田君が粘土こねるん見てるの好きやねん。ずっと見てたい」

「野田君のお茶碗好きやわ」

「野田君のお茶碗で毎日お茶飲めたらええな」

康子は自分の作陶そっちのけで、佐輔の手元ばかり見ていた。

赤ちゃんできたと言われたのは、卒業後の進路を考え始めた四年生の春のことだった。

「どないするん？　おれらまだ就職決まってへんし、奨学金も返さなあかんし」

「野田君は茶碗焼いてたらええねん」

康子に甘えて、茶碗を焼き続けた。

康子の腹が丸くせり出した頃、現代陶芸美術展という大きな展覧会で奨励賞を取った。賞状といえば卒業証書ぐらいしかもらったことがない佐輔の胸元に紅白の花が咲いた。

審査委員長は棚橋清一郎。テレビの鑑定番組に出ている鑑定家。テレビで聞くあの声で野田佐輔の名前が呼ばれ、賞状が読み上げられた。

「奨励賞いうんはおまけの賞やなくて、審査委員長の特別賞なんです」

佐輔の耳元に口を近づけつつ、他の受賞者や審査員にも聞こえるように棚橋は言った。そのときに樋渡開花堂の社長を紹介された。

「おめでたいこと続きでんな」

佐輔の隣にいた康子のふくらんだ腹を見て、ご祝儀にと社長は佐輔の受賞作を十万で買い上げた。

「それで先生。早速受賞第一作をお願いしたいんですが」

社長は佐輔を「先生」と呼んだ。茶碗焼きなんかで食べていかれへんでと文句を垂れ続けている故郷の母親にどうやと言ってやりたかった。

授賞式から何日かして、樋渡開花堂に呼ばれた。物置に無理矢理押し込んだ応接テーブルで社長と向き合った。

「先生、これをひとつお願いします」

社長が図録を開いて、「柴田」を見せた。

「はぁ？」

「受賞第一作です」

「はぁ」

受賞第一作いうたら、好きなもん作らせてもらえるんとちゃうんか。なんで写しやねんと思ったのが顔に出て、気の抜けた返事になった。

「わかります。先生のおっしゃいたいことわかりますで。けど、棚橋先生がおっしゃってました。野田君は大変ええ腕をしてるけど、磨いたらもっと良うなる。まずは名物に習《なろ》うて、先人の技をしっかりたたき込むことやて」

「はぁ」

「先生、あの棚橋清一郎に見込まれてるんでっせ。こんなありがたい話、ソデにしたらバチ当たりまっせ。私も微力ながら援助させていただきますよって」

棚橋清一郎がそない言うんやったらと図録を持ち帰った。けど、ほんまは写しより好きなもんこしらえたい。やる気のなさが器の顔に出た。写しにはほど遠い出来損ないの「柴田」ができた。

何日かしてから、また樋渡開花堂に呼ばれて行くと、社長が千円札を一枚差し出した。

「社長、この千円、なんですか？」

「こないだの柴田の代金です」

「いくらなんでも千円て……」

「いらんかったら返し」

社長が千円札を引っ込めた。

「棚橋先生に見てもろただけありがたいと思いや。ほんまは鑑定料もらいたいくらいや」

「すんません。いただきます」

社長は千円札で佐輔の頬をぺんと弾いた。

「先生、痛いでっか」

佐輔が首を振ると、社長は千円札を佐輔の鼻先に突き出した。

「束になったら痛いでっせ」

紙切れ一枚では頬も張れんと言いたいんか。そうか、これが今のおれの値段なんやなと思い知らされた。

いつもはかがんでくぐる丈の低い表の戸を、かがむのを忘れて店を出たが、頭はぶつからなかった。肩を落としてうなだれていた。


あのときの「柴田」が絹田家にあると知ったのは、十年ほど前のことだ。

「なあ、あんた、骨壺作れる？」

肉屋から帰ってきた康子に聞かれた。大学の頃から野田君、野田君と呼んでいたのが、いつからか「あんた」に変わっていた。

「骨壺でも痰壺でも作れるで」

「店長の奥さんの知り合いの大美野のお金持ちの人がな、ワンちゃんが死んでしもたんやて。すごいお屋敷でな、セコムがしょっちゅう作動するんやて」

その大美野の金持ちというのが、絹田の親父だった。親父は、骨壺を一万千八百円で買い上げた。死んだルルちゃんの誕生日なんやと言った。

「一月十八日生まれやったんですか」

「十一月八日や」

それやったら十一万八千円とちゃうんかとずっこけた。屋敷はセコムでも親父はセコい。犬の骨壺やなかったらもっと値切りよるで、このオッサン。

「これが生まれたときのルルちゃん。まだ目が開いてへん。かわいいやろ。これは金剛山に連れて行ったときのルルちゃん。車酔いして吐いてしもた後や。これは庭にパンの耳埋めてるルルちゃん。もうボケが始まっとったんかなあ」

親父は思い出し笑いしたり思い出し泣きしたりしながら、死んだ犬のアルバムをめくった。めくってもめくっても、同じ犬が同じような顔をしていた。

これも骨壺の代金のうちやなと思いながら相槌を打った。やっと一冊終わったら、まだ三冊あった。

アルバムが終わって立ち上がると、もひとつええもん見せたろと引き止められた。まだルルちゃんにつき合わされるんかと思ったら、「柴田」が出てきた。

「あんた陶芸家やったら知ってるやろ。柴田や。東京の根津美術館にある重要文化財や。これそっくりやろ。同じ時期に同じ陶工がこしらえたらしいんや。実はこっちが本物や言うてる学者もおるんやて。わし、これ買うのに車一台分つぎ込んだんや」

親父は「車」に力を込めたが、話半分に聞いた。溺愛した犬の骨壷が一万八千円なんやから高が知れてる。車の値段もピンキリや。おれが樋渡開花堂から受け取った「柴田」代なんかミニカー一台分やで。

この柴田こしらえたんおれですと言うと、

「ほんまか、あんたがこしらえたんか」

と親父はびっくりした。

驚くのは、そこやなくて、「柴田」がでっち上げやった、いうことやろ。ニセモンやてわかった上で値切ったんがバレバレや。

「これはご縁や。ルルちゃんが引き合わせてくれたんや。あんた、うちの蔵で商売しい」

親父は無邪気に言った。

絹田家の蔵には、佐輔がこしらえた写しが桐箱に納まって並んでいた。親父のコレクションに交じって、新作の写しを並べた。しょぼい写しを桐箱に納めて立派な蔵に並べると、それなりに見映えがして、そこそこの値で売れた。

あんな辛い別れはもういややと、親父はしばらく犬を飼おうとしなかった。ルルちゃんの七回忌が済んでようやく喪が明け、次の犬を迎え入れた。前の犬と同じ種類の子犬で、写真を見ても、どちらが前の犬でどちらが今の犬なのか佐輔には見分けがつかない。

二月七日に生まれたその犬の餌皿を、親父は二万七千円で買った。いっそペット専用の茶碗焼きにでもなれば、食っていけるのかもしれないが、新しいことを始める気力もない。茶殻同然の茶葉に湯を注いで出がらしの茶を淹れ続けるような商売を続けている。

アルデンテかアルデンヌか知らんけど、道楽にかまけてる息子と目くそ鼻くそや。アルデンテいうんは、パスタのゆで加減とちゃうかったか。芯がちょい残る硬めのやつや。今のおれは何やろか。ゆですぎて伸びたパスタには呼び名もあらへん。

けど、あの男は。

「なかなかの手の持ち主が作ったことはうかがえます。井戸茶碗の特長である梅花皮《かいらぎ》もきれいに出ています」

カワウソは「柴田」を作ったヤツの手を褒めた。目の前に作者がいるとは知らんと。

「かいらぎて何ですのん」

茶道具のことは何もわかっていない当主のふりをして、佐輔がとぼけると、

「この茶碗を支える土台の部分を高台《こうだい》というんですが、そのまわりがブツブツしているの、わかりますか。これが梅花皮です」

カワウソは佐輔に「柴田」を触らせ、わかりきったことを説明した。

「しかし、どうもいびつなんです。轆轤《ろくろ》目の出方も、色合いも、ある角度から見ると、よく写せていますが、その反対側は気が抜けたような中途半端な出来映えになっています。おそらく作者は図録か何かを見て真似たので、裏側がどうなっているかわからなかったのはないでしょうか」

いびつですかと佐輔は聞いた。

「いびつというか、どことなく投げやりなんです。作者の気持ちは他のところにあるような。ですが、そんな鬱屈が作品の個性になっているとも言えます」

佐輔の手の内どころか胸の内まで踏み込んだ目利きは、カワウソが初めてだ

った。

例のアレ、あの男に見せてみよか。

佐輔は「古美術　獺」の名刺を取り出した。

鑑定家　古狐《ふるぎつね》

壁一面のガラス窓から西日が射し込む樋渡《ひわたり》開花堂で、棚橋清一郎は「柴田」を持ち込んだ男の名刺を見ていた。「古美術　獺《かわうそ》」。住所は横浜となっている。堺に出張《でば》ってきたうぶ出し屋やろか。

獺は若い娘に化けて人を騙すという。うぶ出し屋は若い娘を連れていた。不吉な知らせのような気がしてならん。

「さっきの道具屋、一見《いちげん》か」

返事はない。店主の樋渡は二万で買った「柴田」の桐箱をほくほくと見ている。

「ほんま、ええ箱でんな。大名道具入れる几帳面箱。センセが言うた通り、茶碗が引き立ちますわ」

こいつは「柴田」に何も感じてないのやろか。それとも、動じていないふりをして箱にかまっているのやろか。

贋物の「柴田」を本物と偽って客に売りつけたんやないかと因縁をつけて、樋渡に高値で買い戻させる。獺はそういうハラらしかった。だが、あの写し損ないを本物と呼ぶほど樋渡も図々しくはない。絹田さんでっしゃろと客の名前をあっさり出して、獺を黙らせた。

「五千円のもんを五十五万で売ったら儲け過ぎでっけど、一万円で売ったったら、サービスとちゃいまっか」

ああいうときの樋渡のとぼけっぷりは天下一品やと棚橋は毎度のことながら感心する。

大美野の絹田昭太郎はたしかに締まり屋やけど、あんたが一万で売るかいな。言い値五万で、折り合って二万から二万五千。しかも仕入れ値は千円そこそこ。ボロ儲けやないか。そう思ったが、腹に留めておいた。

「なあ、野田君、今どうしてるんや？」

棚橋が耳元で問うと、樋渡がようやく桐箱から顔を上げた。

「野田君？」

「野田佐輔や。柴田こしらえたん、彼やろ？」

「ああ、そんな人もいましたな」

わざとらしい。「柴田」を買うた客《こ》の名前は覚えてるのに、造らせた男の名前は忘れてる。えらい都合のええ記憶力やないか。

「センセ、さっきのシャレ、よろしな。青井戸《あおいど》茶碗のおいどに色つけて、あと五百円のせましょて。今度テレビで青井戸茶碗やるとき使《つこ》たら受けまっせ。けど、あの娘さん、おいどの意味わかってまへんでしたな。おいどて関西弁やろか。全国放送やと、あれつけなあきまへんな。テロ、テロ、テロップ。ああ言えた」

樋渡は急に饒舌《じょうぜつ》になった。こいつも落ち着かんのやろか。それとも、ただのアホなんやろか。

「光悦の赤筒茶碗、あれ作ったんも野田君やったな」

「そんなこともありましたな。ほんま、ええ買い物しましたわ。センセ、この几帳面箱に何入れましょ？」

ただのアホや。樋渡の頭からはもう「柴田」も野田佐輔も消え失せている。

棚橋が落ち着かないのには、理由があった。

今朝、藤咲満の訃報が舞い込んだ。ふじさく・まん。青磁の重要無形文化財保持者つまり人間国宝。享年九十九歳。半年ほど前に白寿を祝う会が準備されていたが、病に伏して出席叶わず、そのまま病院で亡くなった。

レースを編んだような優雅で繊細な青磁は天女の羽衣を連想させ、作者の健康長寿にあやかって値を上げた。藤咲が一歳積むと百万円積まれると言われた。

代表作の水差しは、白寿を迎えたときには九百万円に迫った。百歳の大台に乗れば作品価格は一千万円を超えるのではと膨らみきった期待が弾けた。持ち主のギャラリーは頭を抱えているはずだ。

棚橋が出演する鑑定番組にも、藤咲満の作品ではないかという代物が三度ほど出品されたことがある。いずれも贋物だった。

稚拙な藤咲もどきが世に見出される前の習作時代の作品という触れ込みで出

品されたこともあった。だが、藤咲の様式美は初期の頃からあまりに完成されていた。

その人物像も清廉潔白で、金にも女にも汚い噂は聞いたことがない。口数は少なく、穏やかな笑みをたたえ、人の話をよく聞き、柔らかくうなずいた。

ついたあだ名が「仏の満《まん》様」。自己顕示欲と嫉妬心が渦巻きぶつかりあう公募展の審査会をまとめるには、打ってつけだ。藤咲満は現代美術陶芸展の審査委員長を第三十二回から第三十六回までの五回務めた。

審査会の名物といえば、灰皿に積み上げられる煙草の吸い殻だったが、仏の満様が審査委員長を務めた五年間は違った。気管支を患っていた審査委員長を気遣い、会議は禁煙となった。白熱を通り越して紛糾する場面がありつつも最後にはしかるべき結論に着地し、出席者の誰もが、自分の意見が通ったと満足して帰った。

その藤咲満の後、第三十七回から審査委員長の座についたのが棚橋清一郎である。現陶展は今年で第六十四回を数えるというから、二十七年前のことだ。

棚橋先生しかおりませんと自宅まで訪ねて来て口説かれ、首を縦に振ったら、やっと決まったと若い担当者が漏らした。先に声をかけられた候補者たちが断ってくれたおかげで、お鉢が回ってきたらしい。まだ四十代。大役を仰せつかるには若かった。

審査会のテーブルには五年ぶりに灰皿が並んだ。息苦しさを覚えたのは、垂れ込める煙のせいだけではなかった。審査委員八名のうち五名は続投で、なんでこいつが審査委員長なんだという不満が空気を澱ませていた。

新任の一人は日展に出品経験のある俳優だったが、この男がまた曲者だった。まぐれで日展に出せたぐらいで大物気取りだからタチが悪い。長次郎の赤《あか》楽《らく》茶碗の「無一物《むいちもつ》」を「むいちぶつ」と呼び、大学教授が「むいちもつ」と訂正すると、いちもつって言っちゃっていいんですかーと品のない反応を見せ、笑いを取るつもりが冷笑を買った。津田宗及《そうぎゅう》を「そうきゅう」と呼び、「そうぎゅう」と濁るんやと訂正されると、今井宗久《そうきゅう》まで濁り出した。つけ焼き刃をひけらかすたびに、誰がこいつを連れて来たんだという空気になり、審査委員長に冷たい視線が投げかけられた。

そんな目で見ぃなや。わし知らんがな。雑誌で対談したことはあったけど、作品も人物もまったく評価してへん。審査委員に彼の名を見つけて、まずいなと思たくらいや。

俳優が推した作品は、なぜ最終選考に残ったのか首を傾げる珍品だったが、芸能人が飛びつきそうなわかりやすい華やかさを備えていた。その作品を他の委員たちはけなし、それを選んだ俳優をけなした。

「どの作品を評価するかは個々人の自由でしょう」

棚橋が口を挟むと、審査委員五年目の評論家が煙を吐きながら言った。

「テレビではこういうのが受けますからなあ」

「別にテレビで受けるから、いうことやなくてですね」

「でも、棚橋先生が審査委員長になったのは、そういうことでしょう?」

授賞式にテレビを呼ぶのが新委員長の仕事だと思われているらしかった。

審査委員は全員男だった。女は他の女と結託し、横に横に広がろうとする。男は他の男を蹴落とし、縦に縦に登ろうとする。だから、作品の優劣の議論が互いの位置取りの攻防にすり替わる。

俳優が選んだ作品を大衆好みだと批判した委員たちが選んだ作品は、先生はこういうのがお好きでしょうと媚を売っているような作品ばかりだった。アホらし。水商売の女に言い寄られて真に受けるのと変わらんやないか。こんな作品に賞をやっては、ちょろいもんやと舌を出されるだけや。

声の大きい評論家の推した作品に票が吸い寄せられ、大賞が決まった。それぞれの審査委員の面子を立てる形で大臣賞や新聞社賞もしゃんしゃんと決まっていった。

次の世紀を生き抜く作品を選びたいと審査委員長の就任挨拶で話したが、審査委員たちは目の前しか見ていなかった。

陶芸家の登竜門と言われる賞が、内輪の自己満足に消化されてしもてる。こんなことでええんか。これからの日本の陶芸界を背負って立つ逸材を見出し、磨いて光らせたろという気概はないのんか……。

棚橋が推したのは、野田佐輔の作品だった。媚びず、ひるまず、手の勢いにまかせたような作風が気に入った。

小振りで、どちらかといえば地味な茶碗で、大きさと華やかさでは他の作品に圧倒されていた。それでも埋もれない力があった。アスファルトを割って顔を出す雑草のように、土から生まれたことを物語る、ほとばしるような生命力があった。

棚橋に同意する委員はいなかった。俳優も多数派に呑まれていた。審査委員長の意見は徹底的に無視された。

このままでは正月飾りの餅と変わらん。おるだけやないか。

わしも意地やと審査委員長の独断で奨励賞を新設し、野田佐輔に授けた。

授賞式には前委員長の藤咲満の姿があった。現委員長を差し置いて古株の審査委員たちは仏の満様を取り囲み、聞こえよがしに前回までの審査会を懐かしんだ。

やがて一人になった仏は展示された受賞作品の間を回遊し始め、野田佐輔の作品の前で足を止めた。棚橋はそっと近づいて声をかけた。

「支持したのは私一人でした。百年残る器を作れる手だと見込みました。いつかわかってもらえると思います」

仏は何も言わなかった。立ち去る際に一言、ご苦労様と微笑んだ。

藤咲に大きなことを言ってしまった手前、百年残る茶碗を焼ける手を育てなくてはならなくなった。

育てるには金が要る。アテはあった。樋渡開花堂の社長の樋渡忠康。現代陶芸美術展の審査会が終わってほどない頃、岸和田の道具市で声をかけられた。テレビで毎週見てますと揉み手しながら近づいてきて、若い陶芸家を紹介して欲しいと言った。

「わし、戦争孤児でんねん。泥壁食うて飢えしのいでましたんや。焼け跡から焼きもん拾って売るようになって、壁食わんでようなったんです。焼きもんに命助けられたんですわ。せやから焼きもんに恩返ししたいんです」

いつもなら聞き流す話だが、このときは野田佐輔のことが頭にあった。彼をどう育てていこうかと思いあぐねているところに、金がしっぽを振って寄ってきた。

樋渡に援助をさせて、野田佐輔に習作を積ませることにした。最初に写させたのが青井戸茶碗の「柴田」。手先は器用で真似るのはうまいが、自由に暴れたい鬱屈が邪魔をして、写しはどこか投げやりだった。受賞作に見られた勢いは影をひそめていた。

ひょっとして、間違《まちご》うた才能を買《こ》うてしもたんやろか。

冷たい汗が背中を伝った。審査委員長としての面目を何とか保とうという焦りで目が曇っていたのやろか。ご苦労様と告げたとき、藤咲はうなずかんかった。あれは審査会への労《ねぎら》いの言葉やなく、これから野田佐輔に手を焼くことになる未来を見越してたんやろか……。

藤咲に確かめるわけにはいかなかった。棚橋清一郎にできるのは、自分の目が狂っていなかったと証明することしかなかった。野田佐輔が逃げようとしても、そうはさせるかと尻を叩いた。鬼と憎まれようと、恨まれようと、容赦なく鞭をふるった。

本阿弥《ほんあみ》光悦の習作を何年か積ませたある日、樋渡が野田佐輔から預かってきた赤筒茶碗は、光悦の凄みをたたえていた。いや、光悦を超えていた。

ついにこの境地まで来たかと唸った。

「センセ、なんぼつけます？」

「現代の光悦や。三百万つけよ」

「そんなら本物いうことにしたらよろしやん」

樋渡が囁いた。元々細い目がいっそう細くなり、瞑《つむ》っているように見えた。

「社長、何を言うてるのや。野田君の名前を出さな、意味がないやないか」

「そうかもしれまへんけど、野田君のこと、誰も知りまへんがな」

「今は誰も知らん。せやから、この光悦を打ち出して、野田君の名前をやな……」

「センセ、忘れはったんでっか、現陶展？」

忘れるわけあるかいな。現代陶芸美術展の審査会で思い知らされた。テレビに出ていようと、審査委員長であろうと、棚橋清一郎はこれほどまでに無力なんやと。

「棚橋センセが三百万つけはっても、その値段で買う人はおまへんけど、光悦作いうことやったら、三千万でも買い手はつきます。言うたら悪いけど、センセが奨励賞あげたかて、野田君、パッとしまへんがな。そないに野田君の『光悦』を残したいんやったら、光悦の名を借りたらええんです。写しやったら埋もれてしもても、真作やったら守ってもらえます」

樋渡の言う通りや。せやけど、バレたら鑑定家の看板を下ろさなあかん。そ

んな危ない橋渡るわけにはいかんと渋っていると、

「センセ、とっくに橋渡ってまんがな。センセがこしらえさせた野田君の写し、わしが本物や言うてさばいてるん、ご存じでっしゃろ。知らんとは言わせまへんで。センセにお支払いしている顧問料、そっから出てまっさかい。同じ穴の狢《むじな》でんがな」

樋渡は慇懃《いんぎん》な口調のまま脅してきた。

鑑定書を書かんと言うたら、こいつ、わしのこと売るかもしらん。腹をくった。

「わかった。そのかわり、これが真作として売れたら、売り上げは三人で分けよ」

「三人？　わしとセンセと誰でっか？」

「野田君に決まってるがな」

作家にもうまみのある話にして、後ろめたさを拭おうとした。奨励賞を取ったとき腹の中にいた野田佐輔の息子は、小学生になっていた。

「センセ、記者会見開いて、オークションやりましょ。一億行きまっせ」

「アホ。そんな目立つことしたら、文化庁に目ぇつけられて、重要文化財《じゅうぶん》指定候補にされて、科学鑑定かけられるやないか」

長いこと手元に置いてくれそうな個人のお客さんに買《こ》うてもらうんやと念を押して、鑑定書を書いた。樋渡に脅されたからやない。金に釣られたからやない。野田君のためやと自分に言い聞かせた。

野田佐輔の「光悦」がまかり通ったら、その作者を見込んだ棚橋清一郎の目は間違っていなかったことになる。あの野田佐輔は、あのとき私が奨励賞を授けた野田君ですと、いつか藤咲満に報告したい。そのとき、やっと仏はうなずいてくれるはずや。

「センセ、このことは誰にも言いまへん。墓まで持って行きます」

樋渡は薄っぺらい口ぶりで約束した。

鑑定書の嘘がバレたらどないしよと最初はびくびくしたが、一年経ち、二年経っても誰も何も言うてけえへん。その間に野田佐輔は力を失い、棚橋の前から姿を消した。

鑑定書のことも野田君のことも長いこと忘れとった。仏の満様がほんまに仏になったと聞くまでは。

訃報を聞いたまさにその日、野田佐輔の「柴田」が樋渡開花堂に現れた。次は「光悦」が現れるのやないか。あの鑑定書とともに。

ご苦労様。

藤咲満の言葉が、耳の奥に入り込んだ海水みたいに引っかかって気色悪い。

二　利休

うぶ出し屋　獺《かわうそ》

「まったく、どこが西に吉ありだよ」

鬱憤をぶつけるように、則夫はトングで肉を焼き網に押しつける。空振りに終わった樋渡開花堂の帰り、「焼肉食べ放題」の幟《のぼり》につられて入った店は、まだ夕方六時前だというのに満席で、肉の焼ける音と匂いが店内に満ちている。

「占い外れたな。詐欺だよな」

「詐欺師に詐欺って言われたくないと思う」

父親の顔ではなく肉の焼き加減を見ながら、いまりが言う。

「どこが詐欺師だよ？」

「蔵の家の人にケチつけて値切って、さっきの店の人にケチつけて高く売るつもりだったんじゃないの？」

「何言ってんだよ。あの蜥蜴《とかげ》みたいな顔した当主だって喜んでただろ。相手がハッピーならサービス業だよ」

「あの店の人たちと同じこと言ってる」

「あんなやつらと一緒にするな」

「あんなやつらと何があったの？」

則夫は答えず、肉をひっくり返す。

あんなやつら。

二十年経った今なら一矢報いるぐらいはできると思っていた。それが、なんてざまだ。恥をかいて尻尾を巻いて退散させられた。

「あんなやつらと、なんかあったんだぁ？」

一日一緒に過ごしたからなのか、肉のせいなのか、いまりの口が軽くなっている。

「なあ。お母さん、今どんなヤツとつき合ってるんだ？　今度は何人《なにじん》だ？」

「話そらしたぁ」

陽子とは、もう何年も会っていない。最近見かけた友人によると、驚くほど歳を取っていないらしい。老化の要因となる気苦労や気遣いが通り抜ける体質なのだ。昔から。

「今年って厄年だったっけ？　厄落とし、したの？」

店を兼ねた自宅を追われたときも、陽子は無邪気だった。良く言えば楽天的、悪く言えば能天気な陽子の言葉が、あの頃はいちいち気に障った。

「俺がこれからどうなるかってときに、お前は平気なのか？」

「わたしもカリカリしてたほうがいいわけ？　だったらそうするけど」

頭に来て食卓の上に築かれた書類と郵便物の山をなぎ倒すと、なぜそんなところに紛れていたのか、結婚式の日の二人を納めた写真立てが床を打った。

「どうすればいいのよ？」

陽子の視線は、目の前の夫ではなく、割れたガラスに投げかけられていた。その向こうで笑っている幸せしかない新郎新婦に向けられていたのかもしれなかった。

あんなことさえなければ。

肉と後悔を噛みながら則夫は思う。お互いの領域を守りながら、夫婦でやっていけたのだろう。それなりに楽しく、機嫌良く。やけ酒をあおりたい気分だが、車を運転するのでウーロン茶で酔うしかない。

「ワンカルビ二人前、お待たせしました！」

肉を運んできた店員をつかまえ、ハラミとロースを二人前ずつ追加する。誰が食べるのといいまりが呆れる。

「俺だよ」

食ってやる。せめて食べ放題で元取って、こんな町、出て行ってやる。

テーブルに置いた則夫のスマホが震える。鉄板の熱で温もっているスマホを手に取り、出ると、焼肉屋の喧噪に負けない大声が耳に飛び込んだ。

「カワウソはん？　今日蔵を見てもろた大美野の絹田です。ちょっと見てもらいたいもんがあるんでっけど、崩し字読めます？　明日ちょっと寄ってもらえます？　何時にしましょ？」

絹田家の当主は一方的に話を進め、電話を切った。

あの贋物蔵から何か出るとは思えないが、このまま手ぶらで帰るのも芸がない。騙されたつもりで行ってみるか。

「これなんですけど」

絹田家の応接間で蜥蜴面の当主がテーブル越しに細長い木箱を差し出した。大振りの算盤《そろばん》くらいの大きさだ。則夫が蓋を開けると、古文書《こもんじょ》が折り畳まれて納まっていた。

手を触れた瞬間、おやっと思った。

古い書物を愛でた父は、紙も古いものを好んだ。東京の日本橋にある表具屋に連れられては、様々な時代の紙を触らせてもらった。その記憶が今も則夫の指先に残っている。

古文書には、信長や秀吉が生きた時代の手触りがあった。

これは、ひょっとすると。

端を細く折り返したところに宛て名が書いてある。

《つうせんいんとのへ　まいる　易占《えきより》》

「通仙院」

思わず声が出た。通仙院こと半井瑞策《なからいずいさく》。茶の道に通じ、信長と秀吉の覚えめでたく、京の都と堺を行き来した医師。となると、「易占」の易とは、千宗易《せんのそうえき》つまり千利休《せんのりきゅう》のことではないか。

わび茶を大成し、茶聖《ちゃせい》とも呼ばれた千利休は、堺で生まれ育った。利休と通仙院のつながりを記す史料はなかったはずだが、利休と長次郎《ちょうじろう》のつながりすら実は定かではない。利休が考案した楽茶碗を陶工の長次郎が形にしたと言い伝えられてはいるが、利休は長次郎について何ひとつ書き残してはいない。

ごくりと生唾を飲み込む。その音が、やけに大きく聞こえる。テーブルの向かいから反応をうかがっている当主に聞こえてなければいいが。

震える手で文書を開き、崩し字を目で追う。

《此碗《このわん》一箇《いっか》渡《わたし》まいらせ候《そうろう》》

茶碗を一個贈るという文面に続いて、和歌が一首。

《きょう落つる　露ひとしづく　和泉の津　わたのはらにて　一人遊ばむ》

日付は天正《てんしょう》十九年二月二十八日。秀吉に切腹を命じられた利休が散った日だ。きょう落つるとは、今日と京をかけて、京の都で今日落ちようとするわが命の一滴を詠んだのだろう。

筆運びも署名にあたる花押《かおう》も利休のものと思われた。利休の直筆の書状はいくつも見ている。記憶にあるその筆と照らし合わせたが、違和感はない。

千利休の形見の茶碗の譲り状。

利休や今井宗久《そうきゅう》とともに秀吉の茶頭《さどう》を務めた津田宗及《そうぎゅう》の『天王寺屋会記』にも、利休の愛弟子の山上宗二《やまのうえそうじ》の『茶器名物集』にも、もちろん記録はない。幻の利休の茶碗。史実を塗り替えるお宝だ。

茶碗はどこだ。この家にあるのか。あの蔵にあるのか。

「ツウセンインて何ですのん?」

当主の声で我に返った。

「それ、何て書いてありますのん?」

お宝の期待で蜥蜴面がにやけている。

「これは……あれです、百姓一揆の決起文です!」

「百姓一揆?」

「昔は百姓一揆がそこらじゅうで行われていました。今でいうデモみたいなものです。数千人規模のものもありました」

「ああ、ツウセンインやのうて、スウセンニンて言わはったんでっか」

素人を出し抜くのは、たやすいものだ。

「それ、値打ちありますのん？」

「一揆の数だけ決起文はありましたから、珍しいものではありません」

興味なさそうに告げてから、もう一度蔵を見せて欲しいと言った。

「まだ何か出ますのん？」

「何も出ないとは思いますが、何か出てはいけませんので」

言いつつ尻が椅子から浮いている。譲り状を手にして、いそいそと蔵へ向かう。

蔵の二階へ続く階段の途中で、こらえていた笑いが漏れた。背中が震える。後からついて来たいまりが「何？」と気持ち悪がっている。

「当たったよ、占い。ラジオが言ってただろ。西に吉あり。堺に来たのは、やっぱり当たりだった」

今日の占いは「失せ物見つかる」。茶碗が見つかれば、失われた二十年を取り戻せる。

「探せ、探せ、幻の利休の茶碗！　いまり、お前も探せ！」

「百姓一揆って言ってなかった？」

「百じゃない、千だよ千！　千利休《せんのりきゅう》だ！」

「また変なものつかまされたんじゃないの？」

いまりは冷ややかに言うと、階段を下りていった。

また？

引っかかったが、立ち止まってはいられない。百姓一揆がバレないうちに茶碗を見つけなくては。

箱書きをひとつひとつ調べている間に、日は傾いていった。譲り状だけでも良しとするかと諦めかけたそのとき、

「あった！」

見つけると同時に声が出た。墨がかすれて薄くなり、かろうじて「通仙院」と読める箱書きのある桐箱。これも利休の筆だと直感が断じた。

どうか、利休の茶碗であってくれ。

祈る想いで箱を開け、袱紗《ふくさ》をほどくと、茶碗が納まっている。

やはり利休好みの黒楽《くろらく》。この手は長次郎か。利休が愛蔵し、利休七碗にも数えられる「大黒《おおぐろ》」によく似ている。

「ありましたんか」

下から声がして、階段の軋《きし》む音が近づいてきた。まずい。当主が上がってくる。あわてて茶碗を箱に戻し、棚の奥に押し込んだところに当主が現れた。

「カワウソはん、何がありましたんや？」

それには答えず、則夫は神妙な面持ちで当主に向き直った。

「絹田さん、残念ながら、この蔵の中身はどれも最近作られた写し物ばかりのようです」

前日の「柴田」で、ある程度は覚悟ができていたのか、当主はそうですかと短く答えた。

「本物と贋物では、ゼロの数が二、三個、下手したら五、六個違ってきます。とはいえ、これだけの数がそろえば商いにはなりますので、すべて私にお譲りいただけないでしょうか。一点五千円として、きりのいいところで百万でどうでしょう」

もちろん目当ては利休の譲り状と茶碗と箱書きのある共箱で、あとの一切合切は木を隠すための森だ。

道具屋が素人を欺くのは詐欺だが、正直者が馬鹿を見るのも事実だ。絹田家の当主には申し訳ないが、堺の借りを堺に返してもらうとしよう。

知らぬが仏、「利休」に気づかなければ、二束三文のガラクタを引き取ってもらえて蔵が片づいたと喜んでいられる。すっきりした蔵で念願のカフェを開いて、薄い紅茶と分厚いバームクーヘンを出せばいい。

「百万……百姓一揆もニセモンでっか？」

「え？　百姓一揆？」

思わず聞き返してから、譲り状のことだと思い当たる。

「これは写しを作るまでもない代物でして。こういうの、好きな人は好きなんです。うちのお客さんにも百姓一揆のコレクターがおりまして」

「そんなら安心しました。カワウソはんに無理させてたら悪いと思たんで。ほな、百万で手ぇ打ちましょう」

金持ちを丸め込むのはたやすい。当主の気が変わらないうちに運び出そうと

すると、

「今日は遅いので明日にしましょ」

パチンと蔵の灯りが消えた。


その夜、則夫は寝つけなかった。興奮と食い過ぎた寿司のせいだ。

隣のベッドから聞こえるいまりの寝息を聞きながら、一緒に暮らした短い歳月を思い返していた。

生まれてからの数か月、眠っているいまりの鼻先に掌を近づけ、息をしているのを何度も確かめた。ただ息をしてくれているだけで、ありがたい気持ちになった。

笑うようになり、立つようになり、歩くようになり、話すようになり、絵を描くようになり、いまりは日に日に可愛らしさを極めていった。

四歳のある日、いまりが画用紙いっぱいに描いた絵は、上半分がピンクに、下半分が水色にクレヨンで塗り分けられていた。

塗りつぶしたピンクの左のほうに黒く丸い点が打ってあった。

「いまり、この黒い点は何だ？」

「め」

「目？」

「イルカのめ」

画面を横切るピンクの物体は、イルカらしい。よく見ると、ピンクと水色の境界はゆるやかに上に張った弧を描いており、水色に塗りつぶされた下のほうは青が混じっていた。空と海を描き分けているのだ。

「イルカはピンクじゃないだろ」

否定するつもりはなく、思ったことが口をついて出た。ポストは青じゃないだろ、くらいの軽さだった。

次の瞬間、視界からイルカが消えた。いまりが画用紙を取り上げ、背中に隠したのだ。その日から、いまりは絵を描かなくなった。

「どうして描かないんだ？」

「いまりのえ、へたくそ」

自信をなくして落ち込んだのではない。父親が口にした心ない言葉に怒りを表明し、筆を折ったのだ。

「パパって、そういうとこ、あるよね。ピンクのイルカなんて絶対にいないって決めつけて、押しつけてる。古いものばっかり売ってるから、考えてることもそうなっちゃうの」

陽子は則夫を責めることで、いまりの名誉を回復しようとした。

陽子が取材を担当するのは提灯記事が中心で、やっていることは記者よりもホステスに近かった。喉越しのいい言葉を注いで酔わせ、気持ち良く金を出させる。芸術家気取りをいい気にさせるボキャブラリーは、料理のレパートリーより豊かだった。

「パパはね、自分が絶対に思いつかないことをいまりが思いついちゃったのが悔しくて、負け惜しみを言ったの。わかる?」

「うん」

「人と違うってすごいことなんだよ。ママが取材で会う人たちは、人と違う色や形を描ける人たち。いまりも、そうだね」

「うん」

「いまりはね、へたくそじゃないの。ユニークなの」

「うん」

いまりの「うん」は、小さな口から放たれてすぐにしぼんだ。娘の自尊心を満足させるのは、取材相手の機嫌を取るより難しかった。

数日経って、通りかかった本屋の店先でイルカの写真集に目を留めた。何気なく手に取り、ページをめくる手が止まった。見開きいっぱいにピンクのイルカが躍っていた。

「いまり、ごめん。ピンクのイルカ、ほんとにいたんだね」

買い求めた写真集を見せると、いまりは抱きかかえるように体に引き寄せ、小さな指でピンクのイルカの輪郭をなぞった。いまりの目には、自分の描いたイルカが空想から飛び出し、現実の海を泳いでいるように見えたのだろう。

「アマゾンっていうところにいるんだって。アマゾンってわかるか？　地球の裏側、日本の反対側だ。見ると、きっと幸せになれるぞ。いつか見に行こうな」

いまりは写真から顔を上げ、こくりとうなずいた。

光悦の赤筒茶碗の話が舞い込んだのは、それから間もなくのことだった。ピンクのイルカのご利益が早くも現れたかと舞い上がった。うっすらと赤みがかった茶碗の肌も、ピンクに見えた。棚橋清一郎の鑑定書だけでなく、ピンクのイルカも則夫の目を眩ませたのだった。

いまりの五歳の誕生日を前に、陽子はいまりを連れてアパートを出た。ピンクのイルカを見に行く約束は消し飛んだ。

家族の間で交わされるいつかという淡い約束は、この先も一緒にいることが前提だ。その前提が崩れてしまったら、振り出された「いつか」は履行不可能な空手形になる。

ピンクのイルカの約束を、いまりは覚えているだろうか。約束を破った父親に、尋ねる資格はない。

明くる朝早く、則夫は絹田家へ出直した。

「カワウソはん、できるとこまで荷造りしときましたで」

「え！　余計なことを！」

蔵の二階へ駆け上がると、譲り状と桐箱は前日と同じ場所にあった。桐箱の中には利休好みの黒楽が納まり、利休の三品はきれいにそろっている。

木を隠す森ごと一切合切を車に運び込む。ハイエースの中は箱で埋まった。

利休の三品は風呂敷に包み、助手席の足元に納める。

約束の百万円を絹田家の当主に手渡すと、蜥蜴面がにやけた。相手がハッピーならサービス業だ。則夫の口元も思わずゆるむ。

「いまり、帰るぞ」

いまりは、庭で模型を作る道楽息子を見ていた。

「あれが完成するまで堺に残る、言うてましたで」

蜥蜴男が言う。則夫が蔵で利休の茶碗を探している間に、二人は近づいたらしい。父親との距離を測りかねている者同士、意気投合したのだろうか。

道楽息子が道具や部品を取ろうと手を伸ばすと、いまりは察して、手渡す。

模型のまわりに、二人だけにしか触れられない世界ができていた。

「長いつき合いになるかもしれまへんな」

蜥蜴男は浮かれている。そりゃそうだろう。不細工で無愛想な息子に不釣り合いな、かわいい女の子が近づいてくれたのだ。取り柄のない道楽息子だが、財産はある。さっさと別れて慰謝料をふんだくってやるのも悪くない。

運が開け、則夫の気持ちも大きくなっていた。一人でハイエースに乗り込み、発進させる。

堺市と大阪市を南北に隔てる大和川を渡り切ると、バックミラーの中で堺の町が遠ざかっていく。こらえていた笑いが漏れ、高笑いになったところで、カーラジオは占いの時間になった。

「続いて、双子座の方、今日は落とし穴に気ぃ引き締めてくださいね。油断大敵です」

油断大敵。

急ブレーキを踏み、助手席の足元から風呂敷包みを取り出す。手が震えて結び目がほどけない。やっとのことでほどいて、細長い木箱の蓋を開ける。譲り状を取り出すと、紙が変わっていた。似せてはいるが、別物になっている。

譲り状を納めた箱は、元々年代物ではなく比較的最近のものだった。箱が前日と同じだったから、中身までは確かめなかった。

たとえ確かめたとしても、見落としたかもしれない。実際、桐箱は確かめたのに、すり替わっていることに気づかなかった。油断大敵と聞いた後で触ってみると、木の質感がまるで違う。焦って浮かれて、手の感覚が正気を失っていたらしい。

桐箱を開け、茶碗をあらためる。長次郎の黒楽に似せているが、明らかに最近作られた写し物だ。時代づけも中途半端で品がない。四百年の時を耐え抜いた重みはまるで感じられない。

蜥蜴男め。

昨日のうちに持ち帰らせなかったのは、すり替える時間を稼ぐためだったのだ。カモを引っかけたつもりが、贋物をつかまされた。殴られたように痺れた頭の中で、あの教訓が繰り返されていた。

騙されたほうが悪い。

茶碗焼き　蜥蜴《とかげ》

行きつけの居酒屋「土竜《もぐら》」のカウンターで、佐輔は泡の消えたビールを飲んでいた。暖簾《のれん》をしまった外はまだ日が高い。

「こんなうまいこと行くとはなあ」

「ボーナスおおきに」

カワウソから受け取った百万円入りの封筒を回して、中年男三人が一万円札を抜いていく。店のマスターと常連のよっちゃんと材木屋。ええ大人が昼間から浮かれている。

アレを見せたら、カワウソは飛びついた。

半年ほど前、おもろいもん見せたろと絹田の親父が恩着せがましく見せてくれたソレは、親父が言うには、「利休の直筆の手紙と、利休の箱書きのついた桐箱」だった。だが肝心の茶碗がなかった。

「この箱に合う茶碗こしらえて欲しいんや。手紙と箱と茶碗、利休さんの三点セットがそろたら一億行くで。売れたら、売り上げの一割を分けたろ」

眉唾やなと佐輔は思った。「柴田」かて本物と肩を並べる名物やてぬかしとった。親父の話は七割ほど差し引いて聞いとくのがちょうどええ。

残り三割のスケベ心で、誰か崩し字読める人知らんかと「土竜」のマスターに聞いたら、古文書同好会に通うおばちゃんを見つけてきた。

古文書歴三年のおばちゃんの解読で、「通仙院」という名前と、利休が自分のことを名乗るときに使っていた千宗易の「易」と、「碗一箇《いっか》」と書かれてるのがなんとか読めた。

千利休が通天閣みたいな名前の人なんか団体なんかに茶碗を贈るという手紙やろかと佐輔は想像した。

あとは「天正十九年二月二十八日」という日付。利休が秀吉に命じられて腹を切った日らしい。ほんなら「碗一箇」は形見の茶碗いうことになるやないか。手紙が本物やったらの話やけど。

絹田の親父の儲け話に乗った。久しぶりに茶碗を焼いた。利休やったら、やっぱし長次郎の黒楽や。「大黒」の写しは、いくつも焼いてる。手が覚えとった。

そこそこの茶碗ができた。四百年分老けさせて、「土竜」のマスターに見せると、

「おもろそうなことやってるやん」

「ワシらもまぜてや」

材木屋とよっちゃんが首を突っ込んできた。

材木屋は文字通り材木屋。よっちゃんは表具屋。どっちもひいじいちゃんの代からの家業をすんなり継いだ三代目。営業努力も新発明も必要あらへん。新入社員も入って来えへん。昨日とおんなじ。一年前とおんなじ。ハンコみたいな毎日が続いて、朱肉が薄くなってかすれていく、そんな人生に飽き飽きしていた。

「センセだけずるい。ワシらもなんか作りたい」

報酬なんかどうでもええ。ただおもろいことに飢えていた。なんかおやつな

いかぁと戸棚を引っかき回すガキと変わらん。

「足りんのは茶碗だけや。手紙と箱はある」

佐輔がそう言うと、

「手紙と箱もこしらえたら、ええやん」

マスターがカウンターの向こうから首突っ込んできた。

「オリジナルを手元に置いといたら、なんぼでも悪さできまっせ」

マスターは悪いことには頭がよく回る。

店の壁に貼ってある有名人のサインは、全部マスターが書いている。百均の色紙にさらさら書いて、酔った客に一枚二千円で売りつける。

吉本新喜劇の芸人が一見《いちげん》で来たとき、ああもうおれのサイン貼ってあるわ、この店来たことあったんやなと本人が言った。

「ほんならマスターが手紙書いてや。ワシ紙こしらえるさかい」

「オレ箱こしらえるから、箱書き頼むわ」

「まかしとき。利休でもきゅうりでも書くで」

よっちゃんと材木屋とマスターが勝手に話を決めた。きゅうりの筆跡てどんなんやねん。

最初にこしらえた手紙と桐箱は、胡散臭い出来損ないだった。何遍も作り直すうちに腕を上げた。商売やと思たら割に合わんけど、暇つぶしたと思たら安上がりや。

手紙と茶碗と共箱の贋物三点がそろうと、佐輔は絹田家でカモを待ち受けた。

原本の手紙を見せて、道具屋の目の色が変わったら、本物だということになる。道具屋は蔵を見たいと言い出す。蔵に隠しておいた原本の桐箱を見つけると、中には佐輔がこしらえた利休好みの黒楽もどきが納まっている。これを譲ってくれという話になったら、渡すときに手紙と箱を写しにすり替える。そういう手はずになっていた。

ところが、崩し字を読める道具屋がなかなか現れない。これではカモを釣るにも釣れない。何か月か経って、ようやくカワウソが現れた。

「ほんで、どないしてカワウソ釣ったん？」

マスターがおどけて釣りの仕草をしながら聞いてくる。

佐輔が踏んだ通り、カワウソは崩し字を読めた。読めたから、とぼけた。利休の手紙を百姓一揆の決起文だとぬかした。

「百姓一揆ぃ？」

マスターとよっちゃんと材木屋が一斉に突っ込む。

「せや。昔はそこらじゅうで一揆しとった。近頃のデモのビラみたいなもんやて」

「デモやて。受けるわ」

「おれ必死で真剣な顔して聞いとったで」

「センセ、演技派やなぁ」

「ほんでほんで？」

もう一度蔵を見せて欲しいとカワウソは蔵に消えた。佐輔は蔵の外で聞き耳を立て、あったとカワウソが歓喜の声を漏らしたのを合図に、急いで階段を上った。「大黒」もどきをじっくり見られると、箱と茶碗の時代が合わないと気づかれてしまう。

「ほんでほんで？」

「カワウソのやつ、利休の『り』の字も出さんと利休をせしめようとしよった。蔵にあるもんは最近の写し物ばっかしで、骨董価値はほとんどあらへんから、全部さらえて百万でどうやて」

「千利休やったら、百やのうて千やろ」

「材木屋に座布団一枚」

「ほんで、カマかけたったんや。百姓一揆もニセモンでっか、言うてな」

「ほんでほんで？」

「カワウソのやつ、一瞬動揺しよったけどな、すぐに顔戻して言うたんや。あれは写しを作るまでもない代物です、てな」

「ワルやな、そいつ」

「ワルやで、あいつ。うちの客に百姓一揆グッズのコレクターがおりまして、こちらの決起文もぜひお譲りください、やて」

「百姓一揆グッズのコレクターて何やねん」

「やろ。まあカワウソにとっては利休の三点セット以外はタダみたいなもんや。ちゅうことは、あの三点セットにそんだけ価値がある、いうことや」

なるほどとマスターとよっちゃんと材木屋がうなずいた。

蔵をさらえる話がまとまると、ほな明日にしましょと佐輔は灯りを消した。

「利休」の三点をすり替える時間を稼がなあかん。三点やない、二点や。茶碗は最初からニセモン。手紙と箱だけをすり替えた。

今日カワウソは、すり替えに気づかなかった。さっさと荷造りを済ませて車に積み込むと、百万円をぽんと支払った。

「やっぱし、ボクの書いた利休がよう似とったんや。筆跡完璧や」

「ちゃうでマスター。オレの箱がようでけとったんや」

「あんたら何言うてるねん。紙や紙や、ワシのこしらえた紙が良かったんやあ」

マスターと材木屋とよっちゃんが調子づくのと引き換えに、佐輔の頭はどんどん冷めていく。

俺のヒットがあったから勝てたんや、俺の守りが良かったんやと張り合う野球少年と変わらんで、このオッサンら。部活のノリや。ここ、居酒屋いうより部室やな。何部や？　ニセモン部か。

おれは部活でやってるんやない。生活懸けてるんや。「土竜」組の連中と土にもぐって仲良しごっこしてる場合やない。茶碗焼きで食っていける腕がおれにまだあるんか、もうやめたほうがええんか。カワウソに「利休」を見せて、あいつが何て言うか知りたかったんや。

あいつなら「大黒」もどきをひと目で見破る。手紙と箱は本物やけど、茶碗は時代が合わんて見抜くはずや。そう思とったのに、えらい肩すかしや。おれの買いかぶりやったか。腕だけやのうて、目も鈍ったか。

なんやろ、久しぶりやのに酒がまずい。あかんで。飲んでも飲んでも白けるばっかしや。

三　光悦

うぶ出し屋　獺《かわうそ》

贋物の「利休」三点を包んだ風呂敷を小脇に抱え、則夫は転げ出るようにハイエースから飛び出した。

堺の大美野の絹田家。二度と関わり合いになることはないと思っていたカモの家に、一時間も経たないうちに舞い戻ることになるとは。

違う。こっちが引っかけられたのだから、相手はカモじゃない。サギだ。

インターホンを連打するが、応答はない。格子戸の門を入り、鍵のかかっていない玄関の戸を開けると、子犬がうずくまっていた。奥へ声をかけても返事はない。

「絹田さん！　入りますよ！」

応接間を抜け、茶の間に踏み込むと、見知らぬ老人がうどんをすすっていた。

「あんた誰だ？」

「あんたこそ誰や？」

老人がうどん碗を持ったまま立ち上がって後ずさる。

「ここにいた絹田さんは？」

「わしが絹田や」

うどん男が本物の当主で、蜥蜴面の男は雇われの留守番だと言う。なんてことだ。蔵の中身どころか住人まで贋物だった。

留守番男の居場所を問いただすと、南海線の堺駅近くにある「土竜」という居酒屋やないかと当主は言って、うどんをずずっとすすった。

急いで店へ向かうと、暖簾《のれん》はしまわれているが、中から声がする。貸切で宴会か。引き戸を開けると、留守番男はカウンター席で祝杯を上げていた。

「カワウソはん。ええとこ来た。今ちょうどあんたの噂しとったとこや。寿司食う？」

悪びれるでもなく出前の寿司桶をすすめてくる。鮪《まぐろ》は大トロ。鰻《うなぎ》もある。特上だ。俺から巻き上げた金で奮発しやがって。

留守番男の両隣で二人の男が特上にぎりを分け合っている。髭面《ひげづら》の中年男と薄い肉づきに阪神タイガースの帽子をかぶった年齢不詳の男。他に客はいない。

「お客さん。寛美いる？　藤山寛美」

カウンターの中からサイン色紙を差し出したのは五十がらみの作務衣《さむえ》男。顔つきも物腰もやわらかいが、口元はゆるんでも目は笑っていない。

留守番男の手が横から伸びて、色紙をかっぱらった。

「マスター、寛美あったんとちゃうん？」

「あれな、一見《いちげん》の客に二千円で売れてん」

髭面男に聞かれて、作務衣男が指で数字の二を作る。

「安い寛美やな」

「色紙百均やもん」

「なんで死んでからサインふえてるねん？　おかしない？」

「芸術の命は永遠や」

髭面と笑い合いながら、マスターはもう一枚寛美のサインをさらさらと書く。

「これ、あんたか？」

つかまされた「利休」の譲り状をカウンターに広げると、マスターの目が泳いで留守番男を見た。目を逸らす。やはり。

「ここにある色紙、全部マスターが書いたんや。ディカプリオもやで。警察の筆跡鑑定もくぐり抜けたくらいや」

空気を読まない髭面が得意げに言い、余計なことを言うなと留守番男が目で制す。そこへタイガース帽男の小さな体がぬっと近づいて、譲り状をべろんと舐めると、

「うまい。室町時代の紙そのままや。ちゃんと漉《す》くときに米の粉が混じったる」

なんだこいつは。

「これ、よっちゃん。そこの表具屋の三代目。紙のことはなんでもよう知ってる」

マスターがタイガース帽男を紹介した。利休の譲り状に似せた紙は、この男の仕業か。

「この箱、ようできてるやないか。誰がこしらえたんや？　オレやがな」

「この髭面は材木屋。どんな箱でも作りよる」

「あんたら、グルか」

則夫が一同を見回すと、マスターと表具屋と材木屋がうなずいた。

「ちょっとトイレ」

留守番男が席を立った。そのまま外に出ようとする。あわてて譲り状を畳み、「利休」三品を風呂敷に包みながら後を追う。

詐欺師め、逃してなるものか。


逃げる男を追いかけて突き止めた家は、廃屋のようにさびれたボロアパートだった。絹田家の屋敷とは天と地の差だ。

留守番男が閉めかけた玄関の戸に足を挟み、体をねじ込ませて中に入ると、すき焼き鍋が煮え立つ炬燵《こたつ》が見えた。

炬燵を囲んでいるのは、絹田家の庭で模型を組み立てていた若い男と、見知らぬ中年女と、もう一人。

「いまり！」

娘がすき焼きを食っていた。則夫が立ちすくむ間に、留守番男は何食わぬ顔して炬燵に滑り込む。

なんだよ、いまり。俺と二人でいるときよりもくつろいでるじゃないか。炬燵を囲む面々こそがいまりの本当の家族で、自分が偽物なんじゃないかと思えてくる。

「さあさあ、お父さんも食べましょ」

留守番男の妻らしい中年女に背中を押され、炬燵に加わる。抵抗する気力もない。グラスを持たされ、ビールが注がれる。喉に流し込むと、うまい。それだけ喉が渇いていたのか。

すき焼きがこれまた思いのほかうまい。ボロ家に似つかわしくない最高級の松阪牛。

「ロースは背中のお肉で、首にいっちゃん近いとこが肩ロース。松阪牛のＡ５

ランク。肉屋でもめったに食べられへんよ。私、勤続二十年やから、はしっこ取っといてやって店長に言うて、もろてきてん」

肉を鍋に放り込みながら、中年女がべらべらとしゃべる。そういや贔屓の肉屋から肉を取り寄せてバーベキューとか何とか、当主のふりをした留守番男がぬかしてやがった。あれは妻の勤め先の肉屋のことだったのか。

当主はニセモノだったが、肉は本物。意地でも口にするものかと思っていたのに、とろけるような松阪牛のうまみに抗えず、箸が止まらなくなった自分の意気地なさが恨めしい。つい頬がゆるむが、気を許してはならない。

「あんた、とんだ狸だな」

「そっちこそ何が百姓一揆や」

「何ひそひそ言うてんの？　さあ食べて食べて」

肉屋勤めの妻が声を弾ませ、さっと火を通した肉を配る。

「いまり、こいつらの本当の家は、ここだぞ」

いまりは答えず、黙々とすき焼きを食べる。

「そんなあらたまって言わんかて。ねえあんた」

「卵！」

居心地の悪さを誤魔化すように、留守番男が妻の目の前にある卵を求めた。

「あんた、悔しないん？　いきなり来てすき焼きよばれている人に好き勝手言われて」

炬燵が静まり返る。すき焼きがぐつぐつと煮える音がボロ家の薄い壁を震わせる。

なんで俺はこんなところで、こいつらと鍋なんか囲んでいるんだ。泣きたいような笑いたいような気持ちになる。

「好きなんです！」

突然、道楽息子が狭い家に不必要な大声でのたまった。

「ぼくの作るもん、わかってくれたん、いまりちゃんが初めてやから。結婚したいんです！」

何言ってんだこいつ。不細工な道楽息子の分際で。

いまりを見ると、あろうことかうれしそうに恥じらっている。殴られたような衝撃で目眩《めまい》を覚え、すき焼き鍋がぼやけて二重に見える。

「よう言うた」

肉屋妻が声を弾ませる。

「よう言うた」

留守番男が調子を合わせる。息子も照れながらうなずく。

なんなんだ、この気色悪い家族は。

「いまり、帰るぞ」

立ち上がり、いまりの手を取って連れて帰ろうとしたが、

「帰らない」

「何言ってるんだ！」

「こんな気持ち、初めてだから」

本気なのか。

「さあ飲みましょ、お父さん！」

肉屋妻に押されるまま、則夫は操られるように座り直し、酒をあおった。

ざざ、ざざ。

波しぶきが岩に弾けるのを、俺は浜辺でぼんやりと見ている。大船に乗ったつもりが、小舟だった。岩に当たって木っ端微塵《みじん》に砕け、海に沈んだ。進むことも引き返すこともできず、波の音を聞きながら途方に暮れている。

ざざ、ざざ。

目を開けると、目の前に毛羽立った畳があった。体の上には布団がかぶせられているが、重みはあまり感じない。炬燵に入っている。

頭が痛い。二日酔いだ。ビールだけではここまで酔わない。ビールの後に何か飲んだのか。さっぱり覚えていない。

ざざ、ざざ。

波音のような濁音が頭の上から聞こえる。重い頭を持ち上げると、男が碗をかき込んでいる。絹田家で留守番をしていた蜥蜴面の男。

俺を騙した詐欺師め。

不思議なもので、絹田家にいれば絹田家の男に見えたが、このボロ家にいると、この家の男にしか見えない。見映えのいい箱に入れると、つまらない茶碗がそれなりに見えるのと同じだ。

「食うか？　味しみてうまいで」

下宿に泊めた友人に話しかけるような気安さで聞いてくる。

「いまりはどこだ？」

「二人ともええ大人なんやし、ほっといたらよろし」

駆け落ちしたのか。あんなパッとしない若造と……。

頭を振ると、ずきずきと痛む。酒のせいなのか、事の大きさに殴られたせいなのか。

隣の間からスーツケースを転がしながら肉屋勤めの妻が現れた。炬燵の脇を通り抜け、玄関へと向かう。追いすがる男の鼻先で薄っぺらい音を立てて玄関のドアが閉まった。

女という生き物は、溜め込んだ不満を突然ぶちまけ、これ見よがしに去り際を見せつけて家を出て行く。則夫の妻もそうだった。

陽子……。

ドアの前で立ち尽くし、打ちひしがれる男の背中が、二十年前の自分の姿と重なった。

失われた二十年を取り戻すどころか百万をすった。いまりは詐欺師の息子と消えた。財産だけが取り柄の道楽息子だと思っていたら、ボロ家住まいの貧乏息子だった。拾うところが何もない。

どうしてこんなことになったのか。どこからねじれてしまったのか。「西に吉あり」ではなかったのか。

絶望感のほかには、詐欺師と二日酔いと前の日のすき焼きが残された。仕方なく則夫は冷めたすき焼きをかき込んだ。


すき焼き鍋をさらい終えると、詐欺師と二人で絹田家へ向かった。

「本物と贋物では、ゼロの数が二、三個、下手したら五、六個違ってきます。とはいえ、これだけの数がそろえば商いにはなりますので、すべて私にお譲りいただけないでしょうか。一点五千円として、きりのいいところで百万でどうでしょう」

詐欺師は則夫の言葉を録音していた。抜け目がない。

「蔵の中にあるもん全部ニセモンやて、あんたが自分で言うて百万つけたんや。本物まじっとったら、嘘になるがな」

樋渡開花堂の古狸も顔負けの開き直りようだ。

「本物の利休はどこにある？　ここか？」

則夫が絹田家を指すと、

「手紙と箱はすり替えたけど、茶碗は最初からニセモンや」

そんなはずはと記憶をたどる。俺が蔵で見たのは、いかにも利休好みの黒楽だった。一目見て、間違いないと思った。まさか最初から欺かれていたというのか。

「あんた何者だ？」

「しがない茶碗焼きや」

絹田家の蔵にあった焼きもん、ほとんどおれがこしらえたんやと言う。

何だよ。茶碗を焼いた本人に向かって、これが高台です、このブツブツが梅花皮《かいらぎ》ですとクソ丁寧に講釈を垂れていたってわけか。

絹田家の庭で道楽息子が背中を丸め、模型の続きに取り組んでいた。そこに、母屋からいまりが姿を見せた。湯気の立つ湯呑みとでかでかと切り分けられたバームクーヘンを載せた盆を運んできて、お茶にしようと道楽息子に声をかける。まるで新婚夫婦だ。

「いまり！」

則夫が木陰から飛び出すと、いまりの顔からたちまち笑みが消えた。

「帰るぞ」

「都合のいいときだけ父親面しないでよ」

「お母さんも心配してる」

「何言ってんの。私のこと押しつけ合っていたくせに」

「いいから帰ろう」

いまりの手を取る。いまりはその手を振りほどこうともがく。

「放してよ嘘つき！」

「俺がいつ嘘ついた？」

「イルカだよ！」

「イルカ？」

「ピンクのイルカ！　アマゾンの！」

覚えていたのか……。

則夫の手から力が抜けた。その手を振りほどくと、いまりは道楽息子と手を取り合って母屋の中へ消えた。

「おれらニセモンの親同士いうわけや」

息子と何やらもめていた茶碗焼きとともに、思うようにならないわが子を見送った。

贋物の父親二人、茶碗焼きのボロ家に戻り、酒を飲んだ。安物の酒と解凍した枝豆とパック入りの餃子。何もかもうまくない。どん底までつき落とされて、泥水をすすっている。しかも、俺をつき落とした男と。これ以上失うものはない。どうにでもなれ。

目利きの目を狂わせるのは何か。

メトロポリタン美術館の館長を務めたトマス・ホーヴィングは、ニード（需要）、スピード（速さ）、グリード（強欲）の三つだと言っている。

こんなお宝があったらと願っていたものが目の前に現れると、何としても手に入れたいと焦る、舞い上がる。欲にかられて目が眩む。

二十年前、「光悦」に手を出したときの則夫がそうだった。光悦であって欲しいという願いが、光悦に違いないという思い込みに変わった。その過信を後押ししたのが、棚橋清一郎の鑑定書だ。

「君が本物だと言ってくれたら、私も本物だと思い直すことができたのかもしれないよ」

書家の言葉は今も胸に刺さったままだ。

あんな過ちはもう二度と犯すまいと肝に銘じた。それなのに……。

茶碗焼きにつかまされた「大黒」もどきを手に取り、見る。この手の長次郎の黒楽は、いくつも見つかっている。俺が美術館や展覧会で現物を拝んだものだけでも二十碗は下らない。だが、形見の茶碗にしては見慣れた手だ。何より深みが足りない。力がない。

酒を飲んでいてもわかるのに、まったくどうかしていた。

「手紙は本物。箱書きも本物。そら茶碗も本物やてなったんやろ。人は見たいもんを見てまうもんや」

茶碗焼きがぬかした。贋物師がえらそうに。

「あんた、本当の名前は何だ？」

則夫の質問には答えず、贋物師は炬燵から立ち上がった。続きの間を抜けて、その奥の襖を開ける。灯りをつけると、壁の棚に釉薬の容器が並んでいるのが見える。そこが作業部屋らしい。

炬燵に戻ると、埃をかぶった賞状を差し出した。「第三十七回現代陶芸美術展　奨励賞　野田佐輔」とある。審査委員長の名は、

「棚橋清一郎」

「嫌いなん？」

読み上げた則夫の声が尖ったのを佐輔が聞き咎めた。好き嫌いではくれない。恨めば恨むほど、憎悪の矛先は、見抜けなかった自分に向けられる。

「現陶展の授賞式で、棚橋清一郎に会《お》うたんや」

そのときに棚橋から樋渡開花堂の社長を紹介された。社長は受賞作を十万円で買い上げ、佐輔に写し作りを頼むようになったという。

「なんぼ作っても千円二千円止まり。けど、いっぺんだけ光悦の赤筒茶碗の写しに二十万ついた。それが最高や」

話の途中から佐輔の声が遠くなった。

光悦の赤筒茶碗。あれを作ったのは、こいつだったのか。

高揚と落胆が同時に押し寄せる。今の佐輔には「光悦」のようなものは作れないだろう。古狸と古狐に丸め込まれて、捨てられて、贋物蔵の留守番になり果てている。

「あの立派な蔵に入れといたら、しょーもない茶碗がそこそこの値で売れるんや」

このザマだ。腕ばかりか根性も腐っている。

「あんた、このままだと落ちるとこまで落ちるぞ」

佐輔は何も言わない。

「おい、なんで黙ってんだよ？　悔しかったら、やり返せよ！　俺みたいなしがない道具屋相手にセコい勝負してどうする？　あいつらにでかい貸しがあるんだろ！」

「おおきに。こっちが騙したのに、えらい親身になってくれて」

礼を言われて、力が抜ける。どこまでおめでたいのか、寝惚けているのか。こんな落ちぶれの手に二度も騙されたのかと情けなくなる。

「アホンダラ！　腑抜けに喝入れてやってんだよ！　利休の譲り状と箱書きに茶碗がそろったら、ゼロの数が違ってくるだろ！　その茶碗を焼いて、俺から巻き上げた百万、たっぷり色つけて返せって言ってんだよ！」

昔、樋渡開花堂に贋物をつかまされたことを打ち明けた。娘がまだ小さかった頃、グルの鑑定家がでっち上げた鑑定書を鵜呑みにしてしまったと。

「棚橋か？」

うなずいた。光悦の赤楽筒茶碗だったことは言わなかった。法外な光悦代を支払わされたが、作り手に非はない。佐輔は写しを作り、棚橋と樋渡が真作に仕立てた。茶碗に嘘をつかせたのは、あいつらだ。

ピカソは、スケッチにたった三十秒しか時間をかけていないと指摘されたとき、三十秒プラス三十年かけていると反論したという。則夫は二十秒で真贋を見極めるために、「光悦」からの二十年を費やした。

その目がまた惑わされた。

「あんたの腕は本物だ。俺と組めば、棚橋と樋渡に一泡吹かせられる」

譲り状と共箱に合った利休の茶碗をでっち上げ、棚橋と樋渡につかませる。こいつから百万を取り戻すんじゃない。こいつと組んで、失われた二十年をあいつらから取り戻す。そのために西に来たのだと則夫は思った。

鑑定家　古狐《ふるぎつね》

顔色が悪い。目の下が落ちくぼんでいる。いつもより化粧下地を塗り込めるのに時間がかかっている気がする。

鏡に映る顔を直視するのに耐えられず、棚橋清一郎は進行台本に目を落とした。

十五年も前のカンボジアの光景が脳裏にちらついている。

やせ細った子どもたちに手を引かれて連れて行かれた先に、男が大きな鳥籠を持って立っていた。鳥籠にはインコみたいな黄色い小鳥がすし詰めに押し込められていた。

鳥籠の扉をがっちりと押さえる男の分厚い手の甲から肩にかけて、たてがみのような毛が生えていた。日焼けと酒焼けがまざった赤黒い顔は、年齢と紫外線が皺を刻みつけ、彫刻刀で彫った版木のようだった。

「ワン　ダラー。ワン　バード」

一ドル払えば一羽逃すと男は持ちかけた。子どもたちも同じ台詞を繰り返した。ひょろりと伸びた土色の腕と足には栄養が行き渡らず、朽ち果てた枯れ枝のようだった。裸足の足元は、地面の色に溶け込んでいた。

「センセ、はよ行きましょ。この子ら見てると、昔のこと思い出しますねん」

樋渡に腕をつかまれた。戦争孤児で食うや食わずやった頃、物乞いのような真似もしていたらしい。そこからよう這い上がったやないか。焼け跡で焼きもんを拾って食べもんに換えていたみなしごは、焼きもんで身を立て、ビルまで建てた。

ベトナムへ伝統陶器のバッチャン焼きを買いに行きがてら、カンボジアに寄ってアンコールワットを見るという旅だった。旅費は樋渡が出した。タダで行かせたるかわりに、タダ働きで陶器選びにつき合《お》うてや、いうわけだ。飛行機はエコノミーで、ホテルは安宿。日本にいるときと同じく、樋渡が財布を開けることはめったになかった。

籠にひしめく小鳥たちは、広げきれない羽根を小刻みに往復させ、扇風機の唸りのように籠を震わせていた。

これだけの鳥をどこからかき集めてきたのやろか。一日待って、何羽が籠から出て行き、男はいくら手にするのやろか。小鳥の逃がし代のいくらかは、客引きの褒美としてこの子らにこぼれるのやろか。その金で腹をいくらか満たせるのやろか。

百ドル紙幣を男の上着のポケットにねじこみ、全部出してやってくれと日本語と身振りで告げた。男がうなずき、鳥籠の扉を開け放つと、小鳥たちは我先にと競い合って外へ出た。

ええことをした。小鳥らにも、子どもらにも。

そう思ったのは束の間で、籠から飛び立った鳥はバタバタと地面に落ちた。羽根を傷つけられているのか、地面から飛び上がれず、無様に跳ね回る。子どもたちが手分けしてつかまえ、男の元に持って行くと、男は鳥と引き換えに小銭を握らせた。

再びすし詰めの鳥籠が出来上がるまでに、五分とかからなかった。

なるほどそういうからくりやったか。どこの国にも賢い奴はおるもんや。旅先での笑い話にするしかなかったが、わし、ちょっと言うてきますわと樋渡は短い足をせかせかと運んで男に近づいた。

「あんた、そらないで。そらずるやで。逃がしたる言うたのに嘘やないか」

樋渡は小柄な体を反らせて男を見上げ、棚橋と鳥籠を交互に指差し、日本語でわめき立てた。

あんたの商売と似たり寄ったりやないかと棚橋は思ったが、口には出さなかった。

現品限りだと思うから、客は大枚をはたいて手に入れようとする。その一品しかないはずの現品を写して、模造品をさばくのが樋渡の裏の商売や。鳥に籠を抜けさせては懐《ふところ》を肥やす鳥籠男と、商売のからくりは変わらん。同じ鳥を使い回すか、同じ茶碗をでっち上げるか、その違いだけや。

野田佐輔の「光悦」の売り上げは、棚橋と樋渡と野田の三人で分ける約束になっていた。棚橋が受け取った一千万円から換算すると、売り値は三千万円いうことになる。

野田佐輔も一千万円を受け取ったはずだったが、その後、彼の作品は萎えたように力を失い、初期の頃の投げやりな形に戻った。宝くじを当てて腑抜けになるんと変わらん。その程度の男やったかと心底がっかりした。

もう野田佐輔の作品は見んと樋渡に告げた。だが、カンボジアで鳥籠男に言い募る樋渡を見て、ふと疑念が浮かんだ。

「あんた、野田君にちゃんとやってくれたんやろな」

「やっときましたで」

用を足した後に手ぇ洗《あろ》ときましたと言うような軽さで樋渡は答えた。ああこれはやってへんなと確信した。

あのとき野田君本人に連絡を取って、確かめたら良かったんや。あの光悦の赤筒茶碗やけど、あんた樋渡からちゃんと金もろたんかと。

それをせんかったんは、何を今さらという気持ちがあったからや。金をもらっていないと野田君が言うたら、樋渡に催促してやることはできた。けど、その先に何があるというのや。今さら野田佐輔の手は何も作れん。

次回の番組収録に光悦の茶碗が出品されると聞いたとき、ひょっとしてあの赤筒茶碗やろかと胸騒ぎがした。吐き気すら覚えた。だが、兵庫在住の出品者が地元の夏祭りで買い求めた黒茶碗やとわかって、胸をなで下ろした。

光悦作やという露天商の言葉を出品者は眉唾やと思たが、佇まいが気に入ったので一万八千円出して買い求めた。だが、手元に置いて眺めているうちにどうも本物やないかと思えてきて、番組で鑑定してもらうことにしたという。

もし真作やとしたら、一千万円を超えてもおかしくない。番組のお墨つきをもろて市場に出れば、値はさらに膨らむ。けど、光悦の本物なんか、そうそう出るかいな。

真作であろうとなかろうと、縁あって出品者の手元に巡ってきたもんやから大切にお持ちくださいと言うようにしている。たとえ骨董的な価値は認められんでも、自分が持っているものが良い品やと満足して出品者にお帰りいただく。それが真贋の見極めよりも大事な鑑定家の仕事や。

「光悦は同時代やその後の焼きものに少なからぬ影響を与えています。光悦の手によるものではありませんが、光悦が作った流れの中で生まれた作品、そう言えるんやないでしょうか。光悦の残り香のようなものがそこはかとなく感じられる結構な佇まいです」

ものは言いよう、それくらいのことは言うても嘘にはならん。いつもなら慣れたあしらいをするのやが、今回は「光悦」が引っかかっている。

よりによって、なんで今なんや。

藤咲満が死んだ。計ったような頃合いで、野田佐輔に写させた「柴田」が樋渡開花堂に戻ってきた。次は「光悦」が戻ってくるのやないかと怯えているところに、番組で光悦を鑑定することになるとは。亡霊に追いかけられているみたいで気味が悪い。

いつものように駄洒落まじりの軽やかさを出せるやろか。目が泳いだりせんやろか。その不自然さに誰かが気づいて、インターネットに書き込んだりせんやろか。それが広まって、そない言うたら棚橋清一郎が昔書いた光悦の紛いもんの鑑定書があるでと、どっかの誰かが引っ張り出してきたりせんやろか。

インターネットというんはおそろしい。半端ない調査力を持ったやつらが結託して、こないなったらおもろいというほうへ噂に尾ひれがついて泳ぎ出す。あの「光悦」と鑑定書は今どこにある？　あれを買うた書家に連絡つけられるやろか。放送まで三週間。その間に何とか買い戻せんやろか。

眠れん夜が続いた。喉が締めつけられたように苦しなって、うどんがぎりぎり通れるくらいやったんが日に日に食が細なって、素麵も通り抜けられんようになった。

それやのに樋渡ときたら、センセ、しゃぶしゃぶにしましょか、てっちりもええでんなと食いもんのことばかし考えている。戦争孤児やったせいか、食うことへの執着はすさまじい。食うだけ食うて、人を食いもんにして、胃袋も胸も痛まん図太さがただただ羨ましい。

「なあ社長。もしも、もしもやで。あの鑑定書が偽りやと今言うてこられたら、どないする？」

「センセ、誰がそんなこと言うてくるんです？」

「誰かは知らんが、誰かや」

野田佐輔か、買い上げた関東の書家か、その先の誰か……。

「昔の話ですがな」

樋渡は、話を終わらせた。

こいつ、いざとなったら、自分も棚橋清一郎の鑑定書に騙されたと被害者面する気や。

三十年近くつき合《お》うてきたこの男と持ちつ持たれつのつもりでいたが、自分は窮屈な鳥籠を出たり入ったりして男を肥えさせているアホな小鳥と変わらんのやないかと思えてきた。

「どうしたんですか棚橋先生？　大丈夫ですか」

メイクの女の子が心配そうに顔をのぞき込む。

棚橋は進行台本から視線を上げ、大丈夫やと笑顔を繕う。それくらいの芝居はできる。

鏡を見ると、テレビに映る棚橋清一郎の顔が出来上がっていた。

降り積もった雪が地上の汚れを覆い隠すように、化粧で素顔が隠蔽されると、素知らぬ顔でテレビに出られる。鏡の中の棚橋清一郎の目は、そのことを見透かしているように見える。

藤咲満も見透かしていた。だからあのとき、うなずかなかった。「ご苦労様」の仏の一言は、今のこの苦しみにかけられたものやったか。

「終わりました。お疲れ様でした」

メイクの女の子が、鏡の中の棚橋清一郎に告げる。両親が先生の大ファンなんです、子どもの頃から家族で観てました、光栄ですと曇りのない目を向けるこの娘に、いっそ何もかもぶちまけてしまいたい気持ちになる。

あんな、わし、嘘の鑑定書こしらえたことあるんや。

うぶ出し屋　獺《かわうそ》

則夫は自分の計画の無謀さに早々と気づかされた。腑抜けの茶碗焼きに幻の利休の茶碗を焼かせるのは、スランプの選手にホームランを打たせるようなものだと。

「古狐《ふるぎつね》と書いて、銘こぎつね。こいつであの古狐騙したろか。それか、ととや茶碗にしよか。いや、やっぱし黒楽やろか」

佐輔は図書館で借りてきた図録をめくりながら、でっち上げる茶碗のモデルを探している。棚橋と樋渡に仕込まれた長年の癖が抜け切れず、真似することしか頭にない。

「歴史のケツを追いかけるんじゃない。あんたが歴史を作るんだ」

「どんな歴史？」

「それくらい自分で考えろ。粘土頭め。ヒントくらいは出してやる。《きょう落つる　露ひとしづく　和泉の津　わたのはらにて　一人遊ばむ》」

「それ何？　百人一首？」

「バカ。譲り状にあった利休の和歌だよ」

こいつ、譲り状に何が書いてあるかも知らずに贋物の利休をつかませやがったのか。

「今日、京都で落ちるわが命は、露の一滴のようにはかないが、魂は故郷和泉のわたのはらに帰り、一人たわむれたい。そんな望郷の念を詠んだ一首だ」

「わたのはらて、どんな野原なん？」

「野原じゃないよ、海だ。大海原だ」

百人一首も古文もろくに知らないこの男に、幻の利休の茶碗が焼けるのかと不安が募る。だが、乗りかかった船だ。大海原へ漕ぎ出すしかない。

図録を閉じさせると、則夫は佐輔を「さかい利晶《りしょう》の杜《もり》」へ連れて行った。堺に生まれ育った千利休と与謝野晶子のテーマ館である。

「利休て、こんな顔をしてるんや」

肖像画を前に佐輔が言う。

「ひょっとして、はじめて見るのか？」

「茶碗の顔やったら拝んでるで。図録でやけど」

そんなもの自慢になるか。もちろん利晶の杜も堺に居ながら訪ねたことはなかったというから呆れる。

「お二人とも、えらい熱心に見てはりますねえ」

横からいきなり背広姿の丸顔男に話しかけられた。則夫より頭ひとつ分背丈の低い男の顔が、胸元の匂いを嗅ぐような近さに迫っている。

「はぁ、いい男だなあと思いまして」

則夫が当たり障りのない返事をすると、丸顔男の眼鏡の奥の目がきらりと輝いた。

「うれしいやないですかー。利休は今で言うなら名プロデューサーにして秀吉を陰で操っとったフィクサーですからね。前々から利休いう男をもっと見て欲しい、知って欲しい思てたんです」

こいつ誰だよと則夫が佐輔を見ると、佐輔も同じ目で則夫を見る。

「あ、私はただの利休の追っかけです。肩書きは学芸員いうことになってますけど。田中四郎いいます。これ本名です。偶然です。あれ？　ひょっとして、利休の本名をご存じない？　千宗易《せんのそうえき》と名乗る前のほんまの名前は、田中与四郎いうんです。今でもそこらにいてそうな名前ですねえ。実際、私、田中四郎ですしね。『よっ、四郎くん』て声かけてください。ほらもう与四郎です。利休が他人とは思えないんですわ。うちの実家も魚屋でして。あれ？　利休の家が魚屋《とと》さん、いうんはご存じですよね？　利休は商人から信長、秀吉の茶頭《さどう》に上り詰めたんです」

息継ぎする間もなく話をつなぐから、相槌を打つことも立ち去ることもできない。

「利休のことを調べてはるんですか？　ありがとうございます。利休に代わって、お礼言います。まず、利休いうたら鴎《かもめ》です。お茶してる人百人つかまえて、利休のイメージ聞いてみてください。鴎て答える人、おらんはずです。けどね。利休と並んで秀吉の茶頭を務めた津田宗及《そうぎゅう》の息子、江月宗玩《こうげつそうがん》の語録を集めた、欠伸《あくび》と書いて『欠伸稿《かんしんこう》』、その中で利休のことを『鴎』と呼んでいるんです。《利休宗易《そうえき》居士《こじ》の幻容《げんよう》、常に江南野水《こうなんやずい》の流れに対す、白鴎《はくおう》、眼《まなこ》を具《ぐ》して、同遊《どうゆう》と叫ぶ》。利休は、鴎のように無心の境地で、堺での日々を過ごしていました。海辺に眠り、自由に空を舞う鴎に、自分の魂を重ねていたんでしょうなあ。水辺で無邪気に遊ぶ鴎は、そんな利休こそは真《まこと》の友やと叫んだに違いありません。堺市博物館の住吉祭礼図屏風《すみよしさいれいずびょうぶ》はご覧になりました？　まだでしたら、ぜひ見てください。鴎が飛び交っていた堺の海が描かれています。潮風も吹かない、潮の遠鳴りも聞こえない京都に行ってからは、利休は鴎を想って、堺を懐かしんでいたことでしょう」

　では堺市博物館へ行ってきますと、則夫と佐輔は逃げるように利晶の杜を去った。

　住吉祭礼図屏風の前に立つと、想像をはるかに超えた大きさと迫力があった。

　南蛮人や侍大将に扮した仮装行列が屏風を横切るように描かれている。町並みの家屋の一軒一軒も細密に描き込まれ、手前には海が描かれ、浮かんだ船にも着飾った人々の姿がある。

「これが利休の見た大海原やろか」

佐輔が言うと、はい、そうですと返事があった。この声、聞き覚えがある。

「利休が生きていた頃の少し後の堺ですね」

声とともに学芸員の丸顔が現れた。

「薬屋さん、反物屋さん、いろんなお店が並んでいますね。あ、ここに魚を洗っている人がいます。魚《とと》屋さんから買《こ》うたんかもしれません」

祭礼図の一人一人について解説を繰り広げそうな勢いだ。全部聞いていたら日が暮れる。則夫と佐輔が逃げ去った後も、学芸員は屏風に向かって話し込んでいた。

次に旧堺燈台へ向かった。明治十年に築造された木製の洋式灯台。燈台と書くのは当時の名残だろう。昭和四十三年に役目を終えるまで、堺の海を照らし続けたという。

「苦労して　市民がつくった　大浜灯台」

佐輔が五七調で標語めいたことを言い出す。

「何だよそれ？」

「知らん？　堺かるたの【く】や」

「知るか」

「堺かるたと堺っ子体操は、堺っ子の必須アイテムやで。誠治が小学校んとき、おれも一緒に覚えた。大浜灯台は、政府や自治体の力を借りんと、住民がお金を出し合って建てましたて、歴史の勉強にもなるんや」

利休のことは知らないくせに、灯台のことはよくしゃべる。

「今でも覚えてるで。『海恋し　晶子生まれた　この堺』『天文のむかし　ザヴィエル　南蛮寺』『信長を　おそれぬ意気の　会合衆《えごう》』『民衆のために　つくした　僧行基《ぎょうき》』『むかしから　堺の包丁　よく切れる』『ルソンへは　男度胸の助左衛門』」

「利休の札はなかったのか？」

「どやろ……。ああ、そない言うたら、あったわ。『納屋衆の　利休は茶聖とあおがれる』」

陶芸家のくせに利休をないがしろにし過ぎだろ。こんな男と組んで、大海原を渡っていけるのだろうか。座礁しなければいいが。

波立つ則夫の心をよそに、目の前の凪《な》いだ水面は夕陽を映して黄金色に煌めいている。

「利休が想う故郷の海は、どんな色だったんだろうな」

「大海原いうからには青やろか」

静かな心持ちになって話していると、

「はい。ここから見る夕陽が、利休が見ていた夕陽です」

と声がして、三度目の学芸員が現れた。

「鴎は堺の人々のソウルシンボルでした。近頃はすっかり姿を見せなくなりましたが、目を閉じれば、瞼の裏に空を舞う鴎が見えます。利休宗易居士《そうえきこじ》の幻《げん》容《よう》、常に江南野水《こうなんやすい》の流れに対す、白鴎《はくおう》、眼《まなこ》を具《ぐ》して、同遊《どうゆう》と叫ぶ。もういっぺん言います。白鴎、眼を具して、同遊と叫ぶ！」

その夜、則夫は佐輔と「土竜」で飲んだ。

「潮風も吹かない、潮の遠鳴りも聞こえない京都に行ってからは、利休は鴎を想って、堺を懐かしんでいたことでしょう。白鴎、眼を具して、同遊と叫ぶ！」

酒が入って、則夫が学芸員の物真似を聞かせると、生き写しやがなと佐輔がからかう。

「これが利休の描いた鴎。こっちはバースが描いた鴎」

マスターがチラシの裏に髭のようなものを並べて書いた。

「鴎に利休もバースもあるかいな」

佐輔が笑い、則夫も笑う。百万円を巻き上げた詐欺師連中と酒を酌み交わし、笑い合っている。おかしな気分だ。

「ほー。これが本物の利休の茶碗の箱かー」

絹田家から借りてきた茶碗の共箱を手に取り、材木屋が惚れ惚れと言う。

「本物見たことなかったのか？　前のときは、どうやって写しを作ったんだ？」

「スマホで写真撮ってた」

まったく。写真の写しに騙されたのかよ。俺の目はどんだけ節穴なんだ。譲り状で舞い上がっていたとはいえ、お粗末すぎる。

「本物の紙やぁ」

よっちゃんがブランコを見つけた幼稚園児みたいにはしゃいで、ぺろりとなめて一言。

「やっぱしうまい」

こら、なんでなめるんだよ。これ本物だよ。わかってんの、よっちゃん？

「大丈夫や。頭沸いてるけど、腕はたしかや」

マスターが言う。

落ちぶれた茶碗焼きとうぶ出し屋。ひまを持て余したマスターと材木屋と表具屋。この五人で古狸と古狐を打ち負かそうとなった。

「利休本人が見ても見分けがつかない、本物よりすごい贋物を作ってくれ」

則夫がそう言うと、面々は大きくうなずいた。

「千利休で一攫千金や！」

「おおっ」

クイズ番組で賞金稼ぎをするようなノリで拳を突き上げる。ほんとに大丈夫なのか、こいつら。

茶碗焼き　蜥蜴《とかげ》

先に寝入ったカワウソの寝息を聞きながら、佐輔は悶々としていた。

わたのはら。大海原のことやという。そういう茶碗を作れて言われたかてなあ。利休の茶碗いうからには楽焼やとして、色は赤なんか黒なんか白もありなんか。形はどないする。大海原いうても、大きければええいうもんやない。あかん、長いこと図録見て真似しとったから、どっから手ぇつけたらええかわからん。

康子が出て行って、もう何日経つやろか。最初のうちは数えとったけど、いつの間にか数えるんをやめた。

出て行ったときの最後の会話。スーツケースを転がして玄関へ向かう康子に、どないしたんと聞いたら、行くわと答えた。

「行くわて、どこ行くん？」

「この二十年、あの子食べさすついでにあんたのご飯作ってただけやし」

二十年ちゃうで康子。誠治、ああ見えてもう二十七や。

「おれが何したんや？」言うたら、

「あんた今まで何しとったん？」言われた。

あんときは何言うてるねんてムカついたけど、言われてもしゃあないわ。ほんま、おれ今まで何してたんやろ。

生まれ育ったんは和歌山の田辺。山に囲まれた田舎や。みかんもなるし梅も桃もなる。父親は田辺でとれたもんをトラックで大阪や名古屋まで運んどった。

おれは車や電車よりも近所の惣菜屋に並ぶ味噌樽を眺めるのが好きな子どもやった。色とりどりの味噌が山をそびえさせる姿にしびれた。

なんであんな色んな色があるんやろ。あの山はどないしてとんがらせてるんやろ。

頭の上で「文久元年創業」と紺地を白で染め抜いた幟が翻っとった。「ぶんきゅうがんねんそうぎょう」て読むんやでと腰の曲がった店番のばあちゃんが教えてくれた。

「ぶんきゅうがんねんて、いつ？」

「ずっと昔や」

「ばあちゃんとどっちが古いん？」

ばあちゃんが笑った。テレビの時代劇に出てくるくらい昔やろかと思った。幟の紺は時間に洗われて色が落ちとった。使い込まれた味噌樽は飴色に光っとった。その上でとんがり続けてきた味噌山は、おれのヒーローやった。

家の庭の土をほじくり返して、おもちゃのバケツに盛りつけて、「どろやさん」を始めたんはその頃や。掘る場所や深さを変えて集めた泥に「あかどろ」「ちゃどろ」「くろどろ」と名前をつけて、かまぼこ板でならして山をとんがらせた。

小学六年のとき、必修クラブでねんどクラブに入った。ぐにゃり。へにょり。粘土はおれの手の中で思いのままに形を変えた。右に曲げると右に曲がる。左に曲げると左に曲がる。ぺらぺらに薄くもなる。くるくる丸めることもできる。板にもなるし棒にもなる。厚みも角度もおれが決めて粘土は従った。四歳下の弟は、おれが大事にしてるもんを壊して自分の存在を主張する困った生き物やった。さらに四つ下の弟は、兄二人の争いを母親に言いつけて回った。勉強ができるわけやない。リレーの選手になったこともない。漫画も買ってもらえん。粘土だけが思い通りになった。粘土を触ってる間だけは支配者になれた。

家の裏に広がる空き地には、水たまりが大きくなった池があった。水すましやおたまじゃくしやザリガニが泳いどった。池を取り囲む草むらの奥へ分け入ると、水分を吸ってぶよぶよに膨らんだエロ本が落ちとった。

ひっついたページをはがして開くと、いろんな女のハダカがあった。重たそうなおっぱいが突き出したり垂れたり壁に押しつけられたり女の掌に受け止められたりしとった。しわしわに波打つ紙の上で、半開きの口をした女たちの乳房も波打っとった。

不釣り合いに大きいおっぱいは、育ち過ぎて規格外のシールを貼られた農協の果物みたいやった。

エロ本を池に放り込んで水すましを散らした。池の手前へ回り込むと、草むらが切れて、置いてけぼりのブルドーザーの横に土を掘り返した一画があった。積み上げた粘土を踏み越える途中で、運動靴の布が透けた爪先にコツンと固いもんが当たった。

これ何やろ。焼きもんの欠片やろか。

ざらざらした茶碗の肌を撫でてるうちに体の奥がざわざわした。エロ本には興奮せんかったのに、陶片には体が反応した。おれ変態やろか。

持ち帰った陶片は、引き出しの下から二番目の奥に入れた。ときどき引っ張り出してそいつを触ってみたけど、何も起こらんかった。

あのざわざわは何やったんやろ。

そのことに引っかかり続けていられるほど小学生はヒマやなかった。中学生はもっと忙しかった。陶片は引き出しの底に沈んでいった。

隣町の郷土資料館を訪ねたんは、高校へ自転車通学する道の途中にその建物があったからや。弟二人の下に妹が生まれて、それぞれの友だちを連れ込んで、家は部室みたいになっとった。長い放課後をつぶす場所が必要やった。

ガラスケースに納まった「まちで出土した昔の生活用品」の中に、百十年前の地層から発見された茶碗があった。欠片をつなぎ合わせた継ぎ目が地図の川みたいに見えた。

「これな、バラバラやったんを、おっちゃんがつないだんや。パズルみたいやろ」

説明係と掃除係を兼ねた館長のおっちゃんの口の中は、煙草のヤニで黄色くなった歯が並んどった。日に焼けた顔は、館長というより軍隊の隊長みたいやった。

「この茶碗はな、文久の時代に作られたもんや」

文久。懐かしい響きや。味噌山がそびえる惣菜屋の店先の「文久元年創業」の色あせた幟が頭ん中で翻った。

次に行ったとき、引き出しに眠っていた陶片を持って行った。

「えらい古いもん持ってるなあ。桃山時代のもんやろか」

これはあんたが持っとときと言うて、おっちゃんはハダカの陶片をティッシュにくるんで返してくれた。

いつ行っても資料館には館長のおっちゃんしかおらんかった。入場料は百円やったけど、取られたことはなかった。おっちゃんはほとんど誰も見いひん展示の説明書きをこまめに更新しとった。えらい丁寧に。えらい楽しそうに。

展示物の出土品のレプリカも手作りしとった。本物はガラスケースに納めて、レプリカは見学者に触ってもらう。資料館の裏山から粘土を掘り出すところから自分でやっとった。粘土を乾かす。ざるで漉す。寝かせる。こねる。また寝かせる。

「おっちゃん、売ってる粘土買《こ》うたほうが早いんとちゃうん？」

「ここらから出て来るもんは、ここらの土でできたもんやからな」

色づけの釉薬も、地元の山や川べりに落ちてる材料を拾って擂《す》り合わせて混ぜ合わせて作っとった。

「おっちゃん、どこでこういうのん習ったん？」

「どこでいうか、自分でやなあ。なんでも自分でやってまうんや。器用貧乏いうやつやな」

高校二年の冬に親父が死んだとき、おれは泣かんかった。我慢強い子やと親戚のおばちゃんらは言うてくれたけど、悲しくも淋しくもなかった。父親が息子に授けるべきもんは、おっちゃんから受け取っとった。

トラックであっちこっち行って、女のとこで寄り道して、めったに家に寄りつかんかった親父は、おれに何を遺していったんやろか。

「あんたのその手や」

郷土資料館の裏庭の窯から火をもろた煙草をふかしながら、おっちゃんはおれの疑問に答えた。煙草をつまむ皺だらけの手も、日によう焼けとった。ぽっぽっとドーナツの形に吐き出された煙が空に消えていった。


目が冴えてしもてますます寝つけん。茶でも淹れよか。

樋渡開花堂の社長が十万で買い上げた奨励賞の茶碗。康子が買い戻したときには、百万になっとった。

野田佐輔の値段が上がったわけやない。社長に足元見られたんや。吹っかけやがってとムカついて、言い値で買《こ》うてきた康子をアホかと責めた。はたかれるかと思たら違《ちご》た。

「あんたの魂やろ。わたしには百万でも安いくらいや」

不意打ちを食らって涙が出た。

「アホ。亭主のこと買いかぶり過ぎや」

やっぱしアホや。アホやでおれの嫁は。嫁バカのアホ嫁や。涙を誤魔化すためにアホアホと康子を叩いた。

写しをこしらえてもこしらえても千円二千円。足踏みするおれを励まそうと思て、奨励賞の茶碗、買い戻してくれたんか。

お前、その金、自分の作品を世に出すために貯めとったんとちゃうんか。

よう聞かんかった。目を覚ました赤ん坊の誠治が泣き出した。おれもこらえきれんで泣いた。

「泣き、泣き。泣きたいときは泣いたらええ。大人も泣き」

康子は誠治を抱き上げてあやしながら、空いてる手でおれの肩をぽんぽん叩いた。

青磁の音を借りて、誠治て名前つけたんは康子や。青磁釉は康子が一番好きな色やったのに、康子は誠治を産んでから釉薬にも土にも触ってなかった。

「わたしはええねん。野田君が茶碗焼いてくれとったらそれでええねん」

茶碗焼きの亭主を支えるために、康子は誠治を保育園に預けて近所の肉屋で働き始めた。ハンバーグこねるのうまいて褒められたでとうれしそうに報告し、余りもんのお肉もらえたでとことさら明るく言うから、おれは余計に追い込まれた。

そこまでされたら、やるしかないやないか。

逃げることもひるむことも許されんかった。次はこれを写しと棚橋先生が言うてはりますと樋渡開花堂の社長に言われると、図録を借りて写した。それでも千円二千円。どこが違うんか、何があかんのか。

「棚橋先生。もうしんどいです。やめたいです」

授賞式ぶりに会《お》うた棚橋清一郎に泣きついた。

「ええもんができるできんは、もっと後のことや。今はうまく作ろうと思わんでええ。陶芸家の体になったらええんや」

「陶芸家の体ですか？」

「そうや。いっぺん体ができたら、どんなことがあってもびくともせん」

筋トレみたいなもんやろかと佐輔は思った。

「はよ自分の好きなもん作りたぁてうずうずしてるやろけど、今はとにかく体を作ることや。そのかわり、野田君の好きなもん写させたる。何が好きや」

「光悦が好きです」

「光悦のどこが好きや」

「自由なとこです」

ほな光悦写しと言われて、光悦を写すようになった。

最初に写したんは、黒楽茶碗の「雨雲」。垂れ込める雲の湿り気の重みで立ってるような茶碗。ずっしりしてるのに野暮ったさがない。むしろスパッとした切れ味がある。腹になんか企んでる暗雲にも見える。こいつ怒らせたら何しよるかわからんいう迫力があった。

けど、写してみると、小雨も降らせられんようなへなちょこの雨雲になった。なんぼ焼いても光悦の景色にならんかった。「雨雲」を諦めて、次は白楽《しろらく》茶碗「不二山《ふじさん》」。二つとない山やから不二山や。写せるかいな。国宝を写すなんぞ身のほど知らずもええとこや。

次も光悦、その次も光悦。赤いのん白いのん黒いのん。口が広がってるのんすぼまってるのん。吐きそうになるくらい光悦を写し続けた。

樋渡開花堂の社長にまだかと催促され、やっぱり写せませんと音を上げたら、

「先生が光悦写したいて、棚橋先生に無理言うたんやないですか」

突っぱねられた。

もうええわ光悦は。他のん作らせて欲しいわ。いつまでこれやらされるねん。どないしたら、こっから逃げられるんや。あいつら鬼や。おれが食わな、あいつらに食われる。

行くとこまで行ってしもたときに、棚橋が光悦の赤筒茶碗をどっかから借りてきて、見せてくれた。

「野田君、図録やと、ようわからんやろ。よう見てみ。正面から見てみ。裏からも見てみ。下から少しずつ目上げて見てみ。ぐるっと回して見てみ。ええで。触ってええで。手で覚えるんや」

棚橋は気ぃ済むまで茶碗に触らせてくれた。この人もうすぐ死ぬんちゃうか

と思うくらい優しかった。

棚橋先生のためにも頑張らなと思た。光悦が使た土を求めて、京都まで足をのばした。光悦が使た加茂川石で釉薬を作ろか思て、鴨川の石ころ拾た。おんなじ土、おんなじ石は転がってへんやろけど、少しでも光悦に近づきたかった。

外の風に当たりながら、郷土資料館のおっちゃんのことを久しぶりに思い出した。

おっちゃん、どないしてるやろか。今も裏庭の窯で茶碗焼いて、煙草の火もろてドーナツ形の煙吐いてるんやろか。

おっちゃんやったら最初からこないしとったやろな。光悦の茶碗焼くんやったらまず土からや言うて、京都飛んで行ったやろな。

おっちゃんの手作り窯を真似て、石油缶の窯をこしらえた。茶碗が一個だけ入る小さい窯。アパートの裏庭に置いて、来る日も来る日も茶碗を焼いた。

赤筒茶碗の写しを樋渡開花堂の社長が預かって棚橋清一郎に見せたら、二十万円の値がついた。

奨励賞の受賞作を買い上げられた十万円を初めて上回った。康子のおなかの中におった誠治はランドセルを背負っとった。やっと認められた。報われた。うれしいというよりホッとした。もう光悦しまいや。光悦作らんでええんや。

「良かった。ほんま良かったなあ野田君」

康子が泣くのを見て、もらい泣きした。

「なあ頑張って良かったなあ。野田君頑張った。よしよし、よう頑張った」

康子に頭ぽんぽん叩かれたら、涙が止まらんようになって、声上げて泣いた。苦しかった。長かった。けど逃げんで良かった。ここまで育ててくれた棚橋先生と樋渡社長にも感謝せんとな。恩師や。恩人や。鬼から昇格や。

そない思た。思とった。樋渡開花堂のショーケースに納まった光悦の写しが真作として売られてるんを見るまでは。

最初から贋物師に仕立てるために、おれを育てたんか……。

奨学金もろて習作積ませてもろてると自分に言い聞かせて歯ぁ食いしばってきたのに、餌ちらつかせて調教されとっただけやったんか。そらないわ。

ちょう待てや。ほんなら現陶展の奨励賞も、あいつらが手駒を育てるための餌やったんか。食えない学生の身で子どもができて金に困ってることまでつかんどったんか。

光悦地獄から這い出たと思たら、もっとえげつない地獄が口開けとった。樋渡開花堂から受け取ったんは、写しの値段や。真作として売るんやったら、真作の値段で買《こ》うて欲しいて社長に談判したら、すごまれた。

「うっとこ、あんたにどんだけつぎ込んだと思てますんや。一回まぐれ当たりしたからて、でかい顔されたらかなわんわ」

削った魂の値段は、アホらしなるほど安かった。それやのに、社長から声がかかると、また作っとった。もうやめよ、これで最後にしよと思うのに、ずるずると惰性で作り続けた。気持ちはすっからかんやのにただれた関係を続ける男と女みたいやった。

「棚橋先生が見込んだいうから、今までさんざん援助したったけど、見込み違いでしたな。あんたにつぎ込んだ金と時間、返して欲しいわ」

手切れ金代わりに恨み節を浴びせられ、社長から連絡が来《こ》んようになったとき、誠治は中学生になって詰め襟着とった。

あいつらから自由になったら好きなもん作ったると息巻いとったのに、いざ首輪を外されたら野良犬は誰にも相手にされんかった。あちこちの道具屋に持ち込んだかて千円二千円。樋渡開花堂の買い値とどっこいどっこいやった。腐ってる間に腕が落ちたんか、最初から大したことなかったんか。康子が買いかぶっとっただけなんか……。

その頃、母親が亡《の》うなった。久しぶりに里帰りいうても電車で二時間の距離やけど、和歌山の田辺に帰った。葬式が終わって、隣町の郷土資料館にふらっと足向けたら、入口に鍵がかかっとった。ガラス扉に額をつけて中をのぞいてたら、やってへんよと犬を連れたおばちゃんに声をかけられた。

「今日はお休みですか」

「ずっとやってへんよ」

「おっちゃんは？　ここの館長は？」

「菊川さんが亡《の》うなりはって閉めたんや。もう十年になるで」

浦島太郎になった気がした。おれがぼさっとしてる間に、おっちゃんは遠くへ行ってしもた。

おっちゃんの名残を求めてガラス扉の向こうに目を凝らした。いっぺんも払《はろ》たことのない入場料は百円のままやった。読む人なんかおらんのにおっちゃんがうれしそうに書いとった説明書きは、また増えとった。

おっちゃんを手伝って焼いたレプリカの茶碗を並べた台はそのままやった。台を寄せた壁に、おっちゃんの書いた吹き出しが貼ってあった。

ふと自分の名前と目が合《お》うた。

《第三十七回現代陶芸美術展　奨励賞　野田佐輔さんが作りました》

おっちゃん、なんで知ってるん？　おれ何も報告してへんのに。

おっちゃん、そないでっかい字で書かんかて。恥ずかしいやん。こない離れてたかて読めてまうやん。

おっちゃん、おれの名前知っとったん？　おれ、おっちゃんの名前知らんかったのに。菊川さんいうんやって、今頃知ったで。おっちゃん。

裏庭に回ったら、窯は打ち捨てられたまま突っ立っとった。煙草を吸うてみたいと初めて思た。煙でドーナツこしらえとったおっちゃんの真似して、空見上げてポッポッてつぶやいとったら、涙こぼれてしゃあなかった。

あかん。思い出したらまた泣きそうや。茶飲んで涙もろなるて、おかしいで。受賞作の茶碗を傾けて、冷めた茶を飲む。

へたくそや。けど威勢はええ。若い時分にしか作られへん形や。ほんまにおれが作ったんやろか。

賞なんか下手に取るもんやないな。あの授賞式の日が人生のてっぺんやった。樋渡に十万で茶碗買《こ》うてもろてええ気になって、それでしまいにしといたら良かった。そしたら今頃、康子とちっこい店持って、好きな器こしらえて並べとったかもしらん。

棚橋清一郎に認められたて勘違いしてのぼせ上がって、樋渡開花堂の社長に踊らされて、何ものうなってしもた。

どこで間違えたんやろ。どこまで引き返したらええんやろ。茶碗焼きになりたいて思たんが間違《ちご》うてたんやろか。

郷土資料館のおっちゃん手伝《つど》うて、あー楽しかった。そこでやめといたら良かったんや。

空き地で茶碗の欠片なんか拾わんかったら、おっちゃんと仲良うなることもなかった。茶碗の欠片拾って体ん中がざわざわしたんは、エロ本見た興奮が時間差で押し寄せただけや。ねんどクラブで粘土がおれの言うこと聞くんがおもろかったんは、他のことが思い通りにならんかったからや。焼きもんの神さんに呼ばれたみたいに、いらん勘違いしたんが運の尽きや。

いくらでも分かれ道はあったのに、こっちの道こっちの道選んで、こんな遠いとこに来てしもて、行き止まりにぶち当たってしもた。

康子が出て行った日、誠治つかまえて、お母ちゃんどこ行ったか知ってるかて聞いたら、あのアホ息子が言いよった。

「お父ちゃん、むっちゃカッコ悪いで」

そんなん言われんかてわかってる。

ほんまおれ何してたんやろ。さぼってたわけやないはずやのに、次から次に茶碗焼いとったはずやのに。なんでこんなすっからかんになってるんやろ。

もう何も残ってへん。燃えかすも残ってへん。

秀吉に持ち上げられて落とされた利休も、こんな気持ちやったんやろか。命乞いもせんと死を受け入れたんは、生きててもしゃあないて思たからやろか。

秀吉にお前の灯籠をくれと言われて、利休はわざと傷つけた、いう話を聞いたことがある。光悦の赤筒茶碗に二十万出すて社長に言われたとき、目の前で割ってやったら良かった。おれの大事なもん壊して回る弟みたいに。あいつらを幻滅させとったら、おれは今のおれに幻滅せんで済んだんやろか。

ああおれもうこの茶に溺れて死んでまいたいわ。

うなだれて見下ろした茶碗の中に涙が落ちた。ぽちょん。ぽちょん。茶が返事をしてるみたいや。おれの話を聞いてくれるんは、茶しかおらん。ぽちょん。ぽちょん。水すまし散らしたみたいに、ちっこいさざ波が立つ。

なんや、茶が大海原に見えてきた。

利休の言う大海原は、茶碗の中にあったんやないやろか。茶の大海原に解き放たれて茶とひとつになる。魂が帰る大海原を茶碗に託した利休は、静かな心持ちで死を迎えたんやないやろか。天国が待ってると信じて死をおそれん人らみたいに。

その茶碗は黒楽やない。赤楽でもない。茶と境い目がのうて溶け合う色をしてるんやないやろか。

四　大海原

うぶ出し屋　獺《かわうそ》

口に含んだ粘土を則夫は勢い良く吐き出した。まずい。土は茶碗になってから口をつけるものだ。焼く前の土なんて食えたもんじゃない。

「酸っぱいやろ？　有機物が炭化した木節粘土の味や。土の養分を吸った木の節が落ちて、また土を作る。地面の上と下は命でつながってる。利休の時代と今もつながってる」

佐輔は粘土を食らった口で、利休好きの学芸員のようによくしゃべる。大海原がなかなかつかめず、吹き出物が出るほど悩んでいたのが嘘のようだ。

腑抜けの茶碗焼きには、大海原は底なし沼だった。得体の知れない大きさと深さにおののき、波打ち際にさえ近づけずに立ちすくんでいた。

それが突然、「見えた！」と叫んだかと思うと、猛然と土を掘り始めた。

工事現場のむき出しの粘土層を削り、口に含み、転がし、ぬめぬめした舌すべりのええ土やと満足そうにうなずき、食うてみと則夫にも味見をさせた。

やっとエンジンがかかった。手のかかるやつだ。

だが、そこからが長かった。

佐輔は土を作るところから始めた。まず、採った粘土の塊を乾燥させ、木槌で粉々に砕く。ふるいにかけ、さらに細かくする。細かくなった粘土に水を注ぎ、粘土をこねる。

粘り気を帯びた粘土を練ると、粒立っていた粘土が滑らかな塊になっていく。その塊をビニール袋に入れて密封し、発泡スチロールの箱に納めて寝かせる。寝かせ終えると、ようやく粘土は作陶できる状態になる。

ここから佐輔と粘土の格闘が始まる。

腕をまくり、体重をかけて粘土を練る。作業台に叩きつけられる粘土と、小気味よく踏み込まれる足がリズムを刻む。まるで対話しているように、粘土を受け止め、粘土を放つ。

「どうだ？　いい器が焼けそうか」

返事はなかった。佐輔の耳は粘土の音だけを聞いていた。目は粘土だけをとらえていた。

手つきは次第に熱を帯び、粘土を放つ動きも激しくなった。作業台に叩きつけられる粘土は、腑抜けた茶碗焼き自身のようだった。

額や首筋ににじむ汗を拭おうともせず、佐輔は手を動かし続けた。休んだら、せっかく熾《おこ》した埋《うず》み火《び》が消えてしまう。そんな必死さが見えた。

粘土を円柱型の塊に整えると、ピアノ線で均等に裁断する。ロールケーキを立てて輪切りする感じだ。ひと切れずつ秤に載せて重さを見ると、どれもきっかり一キログラムを示す。熟練した寿司職人のシャリの重さがぶれないのと同じで、手が重さを覚えているらしい。

輪切りに分けた粘土を、次は握り飯を作るように手の中で転がし、こねると、綺麗な球体に変わっていく。その球体を作業台に押しつけ、グーで叩き、平らな円形に広げる。

その円形の板になった粘土を縁から立ち上げ、茶碗を形作る。「手づくね」と呼ばれるやり方だ。楽焼はろくろで成形する方法もあるが、佐輔は利休の時代の手づくねにこだわった。ろくろよりも厚みや形を安定させるのが難しいため、作り手の腕がものを言うが、佐輔の手つきに迷いは見られない。

　茶碗が立ち上がると、乾燥させる。固くなるのを待ち、茶碗の外側をかきべラで削り取り、形を整える。だが、削る途中で茶碗が壊れてしまう。それも一個や二個じゃない。立て続けにいくつも。

「いちいち削らずに、最初からその形を作れないのか」

　さすがに我慢できなくなり、則夫は口を挟んだ。

「ええか、まず思いっきり土に気持ちをぶつけて、茶碗の形を作るんや。土に負けん力で向き合《お》うて、土と相撲取るんや。力いっぱいぶつかってから、気持ちを冷まして、削りに入る。今度は力まかせやのうて、力を抜くんや。無理にええ形にしようて気負うたら負けや。土の声を聞いて、こいつが一番かっこ良うなる形を見出すんや。宝探しや」

　利休のことは驚くほど無知なくせに、焼きもののことになると、何も知らない生徒に教えるように説いてくる。

「あんたから学ぶことがあったとはな」

「当たり前や。焼く前のことはおれに聞け。焼いた後のことはあんたに聞く」

次は、「見込み」と呼ばれる茶碗の内側を鉄カンナで削る。佐輔は茶を飲む手つきで茶碗を持ち、見込みを覗き込んでは削る作業を繰り返した。

削りが一段落したら、茶碗を支える高台を作る。竹ひごでアタリをつけ、フック型のカンナで茶碗の底を削り取ると、高台《こうだい》の形が現れる。高台の内側をくり抜き、木べらで高台の脇と表面をならしてから、濡らした鹿革で表面をならす。

仕上げに口造りを慎重に削り、ならす。ここまで工程を積んで、ようやく茶碗の形が完成する。

佐輔が作業の手を止め、茶碗を掌に載せ、陽の光にかざす。

いい面構えじゃないかと則夫が声をかける前に、佐輔はその茶碗を作業台に戻し、静かに押しつぶした。

「おいおい、なんで壊すんだよ？　今の、何がいけないんだ？」

「タイミングが早過ぎた」

「何の？」

「削りや。まだ固まりきらんと柔らかさが残ってるうちに力加えてしもたさかい、茶碗がひしゃげて、締まりがなくなってしもた」

則夫が見てもよくわからなかったが、佐輔の目には茶碗は歪んでいるらしかった。

来る日も来る日も、佐輔は茶碗の形を作り、削ってはつぶす。

「これ、いつまでやるんだ？」

佐輔は答えず、黙々と手を動かし、佐輔だけにわかる正解を探る。

古狐と古狸の目を欺く茶碗を焼くのだから、小手先では太刀打ちできない。それはわかっている。だが、気が急いた。カモを釣る最高級の材料が、ほぼそろっている。あとは茶碗だけだ。その茶碗を早く見たい。

野田佐輔は、もはや樋渡と棚橋を騙す贋物を作ろうとはしていなかった。利休の形見の茶碗、大海原。その境地をつかもうと死に物狂いになっていた。

佐輔の敵は、棚橋清一郎でも樋渡開花堂でもなく、己自身だった。ぐしゃりと押しつぶしているものの正体は、こんなもんだろと適当なところで手を打とうとする腑抜けの甘えだった。大海原の生みの苦しみは、野田佐輔が生まれ直そうともがく苦しみだった。

蜥蜴顔は日に日に引き締まり、目に宿る力は強くなった。光悦の赤筒茶碗を焼いていた頃も、こんな顔つきをしていたのだろう。

この男のたぐり寄せる大海原を待とうと腹が据わった。すでに二十年待ったのだ。則夫にできるのはただ、野田佐輔の腕を信じて、待つことだけだった。

佐輔は寝食を忘れ、則夫はラジオの占いを忘れ、繰り返される成形と破壊を見守った。

則夫がいつの間にか眠りに落ち、明け方に目を覚ますと、佐輔は夜通し作業していたのか、前日と同じ格好で手を動かしていた。着たきり雀で髪は額に張りつき、目はぎらついていた。

ようやく形が定まり、白土の上に黒釉《くろぐすり》の黒さを引き立てるための黒土を塗って黒化粧をし、素焼きをし、釉薬をつける段階になって、もめた。

佐輔は青釉《あおぐすり》を総がけにして緑楽《みどりらく》を焼くと言い出した。則夫は猛反対した。利休好みの楽茶碗といえば、黒楽か赤楽だ。緑楽とは聞いたことがない。奇をてらい過ぎている。

「これで勝負に出るのは博打だ。黒楽に青釉をひとすじ入れるぐらいでも十分に斬新じゃないか」

則夫がそう言うと、佐輔は激しく言い返した。

「好きに作れ言うといて、あんたの頭の中にある茶碗の写しを作らせようとしてるやないか！」

憤る佐輔の目には、イルカはピンクじゃないと則夫に言われたときの、いまりの目と同じ落胆と反発があった。

あのときと同じだと則夫は思った。いまりの才能も佐輔の腕も認めながら、俺は自分の掌の上で踊らせようとしていた。人間はなかなか変われないものだ。

「わかった。あんたの持ってるもん全部つぎ込んで、俺が思いつかないような大海原を見せてくれ」

色を追い求める航海が始まった。

乳鉢で釉薬を擂《す》りつぶす作業は、佐輔と二人でやった。昔いまりと色水を作ったことを思い出した。いまりが集めた花びらを擂り鉢でつぶし、紫やピンクの水を作った。その色水で、いまりは何を染めたのだったか。

佐輔は何を考えていたのか、表情からは読めなかったし、言葉も交わさなかった。釉薬が擂りつぶされてこすれる音だけが二人の間にあった。会話はなくとも気まずさはない。ずいぶん前からこの男を知っているような気持ちになっていた。

細かくなった黒釉を水に溶くと、佐輔はろくろの上で茶碗を回し、釉薬を含ませた筆を入れた。その上に霧吹きで青釉を重ねると、さつまいものような赤紫色になった。これが焼くと緑色になるのが不思議だ。

ドライヤーを当てて釉薬を乾かす作業も二人でやった。ドライヤーは、ふいごにもなる。炭火を熾したドラム缶窯に茶碗を納め、蓋をすると、ドライヤーで風を送り、火をあおる。赤々と燃える焔《ほのお》に包まれ、茶碗は真っ赤に輝く。

気を抜くと、窯の温度がすぐに下がってしまう。二人がかりで火を守りながら、もっと大きなものを守り育てているような気持ちになった。それぞれの胸で二十年の間くすぶっていたものが焚きつけられ、燃料になり、燃え盛っていた。

焔をまとった茶碗を火バサミではさんで窯から取り出し、縁側に置くと、ピキピキと音を立てて冷めていった。

「産声や」

その音は、腑抜けの殻を脱いだ茶碗焼きの産声でもあるようだった。

焔の色からいったん暗い色に沈んだ茶碗をじっと見ていると、やがて浮き上がるように緑が出てくる。茶碗の色が芽吹く瞬間だ。

「緑が足りんな」

佐輔は再び青釉を茶碗に吹きつけ、二度焼きをした。

楽茶碗は一度にひとつずつ窯に入れて焼く。炭窯だから温度調節が難しい。今のは高すぎた、今のは低すぎたと微妙な温度の違いに佐輔は一喜一憂し、炭の量や風の送り具合や窯から引き上げる時間を少しずつ変えて茶碗を焼いた。

ようやく色が定まり、佐輔が満足する佇まいの緑楽が完成した。総掛けした青釉の緑が目に鮮やかだ。鮮やかすぎるくらいに。

茶碗をはさんで、無言で向き合った。張り詰めた空気が満ち、それが引きかけたとき、佐輔が呟くように言葉を発した。

「やりすぎか」

答えるかわりに則夫は茶を点てた。

茶を嗜むようになったのは、「光悦」で痛い目に遭ってからだ。茶道具を見るのは目だけではない。手から読み取れること、感じ取れることがいかに多いか。道具の使い手となって、第三の目を得たように思う。

生まれ落ちたばかりの緑楽に茶を受け止めさせる。その茶碗を手に取り、茶の熱を掌に感じた。

二十年前、書家の茶室に招かれ、「光悦」で茶を飲んだときのことを思い出した。飲む人に優しくない茶碗だと書家は告げた。だから作り手は光悦ではないと断じた。

野田佐輔の緑楽は、優しいかと問われれば、決して優しくはなかった。覚悟のような厳しさがあった。茶碗は、茶頭の最後の一碗らしい熱を伝えていた。

手の中の緑楽は、茶をたたえて鎮まっている。

茶碗に口をつけ、ひと口飲んで、うなずいた。

佐輔に茶碗をすすめると、ひと口飲んで、うなずいた。

「これが大海原や」

野田佐輔は茶碗焼きの顔になっていた。


営業時間前の「土竜」のカウンターに則夫と佐輔と表具屋のよっちゃんと材木屋が並んだ。各自茶碗を持って、茶筅《ちゃせん》でシャッシャッとこする。幻の利休の茶碗はまだ完成していない。緑楽の釉薬を剥げさせ、四百年老けさせ、骨董に化けさせる。一番うまく老けた茶碗を古狸と古狐につかませる。

目利きの目を狂わせるものは需要《ニード》と速さ《スピード》と強欲《グリード》だと則夫が演説をぶつ横で、よっちゃんは阪神タイガースの伝説のバックスクリーン三連発が載った野球雑誌を広げている。何遍も見て、ページはよれよれになっている。

「ニード、スピード、グリード」

「バース、掛布、岡田」

どんぐり汁できたでとカウンターの中からマスターが鍋を出した。茶筅でこすった茶碗を汁に沈めて、さらに老けさせる。

「あいつら沈めたる。槙原にしたる」と佐輔が息巻く。

「なあ、どんぐり汁てグリード汁に似てへん？」と材木屋が言う。

強欲汁か。四百年老けさせたら骨董に化けるぞと則夫は笑ってうなずく。

天下の棚橋清一郎の目を眩ませようという気負いはないが、腕は確かな連中だ。材木屋の桐箱は原本と寸分違わず、時代づけの色あせ具合まで完璧だ。譲り状の紙は、なめてもわからんでとよっちゃんが胸を張る出来映えで、則夫が触ってもどちらが原本なのかわからない。

マスターが筆をのせたときに墨が滲んであわてたが、墨を替えたら解決した。

「紙があかんのとちゃうか」とマスターに言われて、

「墨が間違《ちご》うてるんとちゃうか」と言い返したよっちゃんに、則夫は表具屋の意地を見た。

譲り状も四百年老けさせ、贋物の「利休」三品がそろった。

「本物を見せてからすり替えるつもりだったけど、やめておこう」

則夫がそう言うと、よっちゃんと材木屋とマスターが一斉に噛みついた。

「なんですり替えるんをやめるん？　ワシがこしらえた紙は出番ないん？」

「オレの箱は？　せっかくこしらえたのに」

「見てみ、これ、よう書けてるやん。どう見たかて利休の筆跡や」

まったく、こいつらは人の話を頭だけ聞いて、すぐに騒ぎ立てる。

「そうじゃない。見分けがつかないんだから、すり替える必要がない。譲り状と箱も最初から贋物のほうを見せようって言ってるんだよ。どうせなら派手にお披露目しようじゃないか。お宝だけじゃなくて、オークションごとでっち上げてやろう」

古狸と古狐をおびき寄せるには、それくらい大仕掛けなほうがいい。

お祭り好きな連中は則夫の提案に飛びついた。

「けど、どこでやるん？　場所借りる金なんかないで」

佐輔が心配する。

「いい場所があるじゃないか。日本庭園つきの日本家屋。立派な蔵もある」

「絹田の親父の家か？」

個人の家がオークション会場になることは珍しい。だが、絹田家でやるのは意味がある。

「幻の利休の茶碗の出どころだからな」

桃山時代から二十二代続く家柄も箔をつけてくれるというものだ。

写しが骨董に化けたら、次は人間が化ける番だ。オークションの舞台で立ち回る役者が必要になる。

堺駅近くにあるアゴーラ・リージェンシーホテルのスカイラウンジで、則夫は旧友と会った。ウェイトレスが「モア　ティー？」と英語で紅茶のお代わりを聞いてくる。

「おおきに。　もらおか」

十年ぶりに会う画商のピエールは、あいかわらず関西弁がきつかった。

「逆だよな。店員が英語でピエールが日本語って」

「ピエールとちゃうで。今はチャールズ・スペンサー、イギリス貴族や」

襟元のバッジに手をやる。英国のスペンサー家の家紋が刻まれている。

「これ、ええやろ。指輪とあわせてヤフオクで千九百八十円《いちきゅっぱーこ》で買うたんや」

「安上がりな英国貴族だな、ピエール」

「せやから、チャールズや言うてるやろ」

「いいじゃないか、ピエールで」

こいつは会うたびに名前が変わる。あるときはジェームズ、あるときはリチャード。だから俺はいつでも出会ったときの名前で呼ぶ。

「幻の利休の茶碗いうたかて、カモがホイホイ引っかかるとは限らんで」

「だからピエールが必要なんだよ。骨董好きのガイジンが利休を狙っているってなれば、日本の宝を取られてなるかって食いつくだろ」

「ボクはカモをおびき寄せるエサかいな」

「その通り。本番の絹田家のオークションの前に、堺で道具屋が集まる競《せ》りがある。棚橋と樋渡も来るはずだ。ピエールは、金に物を言わせて日本のお宝を買い漁るガイジンを演じてくれ」

競りに百人集まろうと、ガイジンが行けば目立つ。間違いなくカモの二人の目に留まる。

「俺が合図を出すから、指示通りに値を上げるんだ。そしたら、あいつらが張り合ってくる。あいつらをあおって、値を上げて、せいぜい数万の品をありえない高値で競り落とすんだ。五十万とか百万とか。こいつが利休の茶碗を見たら一体いくら出すんだって、あいつらだけじゃない、競りに来ている道具屋連中の関心を引いてくれ」

了解の返事の代わりにピエールはウィンクを返した。

「ほんで、その幻の利休の茶碗、なんぼでつかませるつもりなんや」

「四千万は超えたいな。あの二人に騙し取られた光悦代だ」

「欲がないなぁノリオ。二十年貸しつけて無利息かいな。元利四千万円、複利で二十年かけたら、なんぼや?」

この男の風呂敷の広げっぷりが則夫は好きだ。

「そういやピエール、海ばっかり描いてた画家の絵を売ってたよな。あれって大海原だよな。験担ぎに一枚買わせてもらおうかな」

われながら調子のいいことを言う。

「遠山金太は、もう描いてないんや」

余計な絵を買わずに済んだ。

鑑定家　古狐《ふるぎつね》

帽子を目深にかぶり、サングラスで目元を隠し、棚橋は淡路島に現れた。テレビで顔が売れているせいで、どこへ行っても見つけられてサインをせがまれる。いつもはうれしいが、今回はお忍びの旅だ。

番組が放送されても、怖れていたようなことは起きなかった。だが、「光悦」と鑑定書が消えたわけではない。

あれが暴かれては、看板を下ろすだけでは済まされん。野田佐輔を見出した現代陶芸美術展にも傷がつく。あの第三十七回だけやない。審査委員長を務めた十年、いや、賞そのものが揺るがされる。下手したら賠償もんや。

あの「光悦」を買った関東の書家が誰なのか、樋渡は口を割らない。数か月かけて、樋渡開花堂で働いていた男を探し当てた。

実家を継いで玉葱を作っている元店員は、口が重かった。だが、棚橋が頭を下げに来るほど追い詰められているのを見て、

「私から聞いたとは言わんといてくださいね」

と念を押した上で、玉葱の薄い皮を剥ぐように遠い記憶を剥いでいった。

「樋渡開花堂と買い手の書家の間には、関東の道具屋が入っていたんですが、買《こ》うてしばらくしてから、その道具屋が『光悦』を携えて戻って来たんです」

道具屋の名前を元店員は思い出せなかったが、道具屋と樋渡のやりとりはよく覚えていた。

「何て言うてきたんや、その道具屋？」

「棚橋先生は、あの茶碗で茶を飲まれましたか、と」

棚橋はピンと来た。道具屋は茶碗の作り手が茶を嗜まないことに気づいたのだ。だが、樋渡は質問の意味がわからず、そんなことはしていませんと答えたという。

「そんで、その道具屋は？」

「質問を変えました。棚橋先生はどういうおつもりで茶碗と矛盾する鑑定書を

書いたのでしょうかと」

関東の道具屋は、鑑定書が嘘をついているとは言わず、鑑定書の言っていることと茶碗の言っていることが合わないと言ったらしい。

おもろい物言いをするやないかと棚橋は唸った。道具屋は鑑定書の真贋ではなく、「真意」を問いに来た。

それから道具屋は質問の矛先を鑑定家から作り手へ向けたという。

「この茶碗は、光悦のリズムを逸脱しています。それが勢い余ってのことなのか鬱屈のようなものを持て余してのことなのか、作った方に尋ねたいのです」

「これをこしらえたんは光悦やて、そちらさんが言わはったんでっしゃろ。光悦はもう死んではります」

見事なもんやと棚橋は感心した。樋渡のとぼけっぷりやない。道具屋の目利きや。

勢いやったんか、弾みやったんか、光悦に迫り、ついに超えたとさえ思える茶碗を野田佐輔は作り上げた。そのはみ出した部分を道具屋は見て取り、そこに作り手の惑いを感じ取った。野田佐輔の写しを見続けてきた者だけにわかるひずみのようなものだと棚橋は思っていたが、関東の道具屋は、茶碗ひとつでそれを見抜いた。

それほどの目利きでも、目を眩まされた。あの「光悦」、やっぱし、ようでけとったんやないか……。

関東の書家の居所を聞き出し、「光悦」の買い戻しを持ちかけるつもりだったが、別な好奇心が湧いた。

野田佐輔が土の声を聞けたように、その道具屋は茶碗の声を聞ける。そいつに会《お》うてみたい。

うぶ出し屋　獺《かわうそ》

オークションの日の朝、則夫は目覚めのカフェオレを「柴田」で飲んだ。

絹田家から二万五千円で買い上げた茶碗。則夫と樋渡開花堂を二十年ぶりに引き合わせただけでなく、野田佐輔にも引き合わせた因縁の一碗。「柴田」がなければ、「利休」三品に騙されることもなく、絹田家の当主だと思っていた男が「光悦」の作り手だと知ることもなく、その男と組むこともなかった。

幻の利休の茶碗「大海原」。あの一碗を生み落とすために必要な遠回りだった。今はそう思える。そもそも法外な「光悦」を取られなければ、あがくこともなく、奮い立つこともなかっただろう。

「それ、よそに売ったんとちゃうん？」

起き出してきた佐輔が「柴田」を見て驚いた。

「箱だけ売ったよ。これでカフェオレでも飲むって言っただろ」

もし樋渡開花堂が百万、せめて五十万で「柴田」を買い戻すと言えば、喜んで手放しただろう。

書家から買い戻した「光悦」も則夫の手元にある。三百万に値を下げても買い手はつかなかった。売れたところで四千万の穴を埋めることはできない。だったら敗者の証として持っておこうと思った。

「あんた、なんで陶芸の世界に入った?」

「あんたは?」

お互いの問いに答えることなく、どちらともなく立ち上がり、玄関へ向かった。

則夫が腰を下ろして靴を履いていると、

「チンチン、立ってもうてん」

背後に立った佐輔の声が上から降ってきた。

「な、なんで今?」

「今ちゃうわ。ガキの頃や。近所の空き地で、これ拾たときや」

佐輔は上着のポケットから古い陶片を取り出し、見せた。

則夫も上着のポケットを探り、陶片を取り出し、見せた。

「親父が集めてた。俺の教科書だ」

黒織部《くろおりべ》の茶碗の欠片。父の形見の標本箱から一番気に入ったものを出して、ポケットに忍ばせていた。一世一代の大勝負。自分をこの道に導いた父にも立ち会ってもらおう。

同志の親しみを覚えて笑みを交わすと、それぞれの陶片をポケットに納め、玄関を出た。

今なら、こいつに打ち明けてもいいだろう。

「俺が樋渡と棚橋につかまされた贋物、光悦の赤筒茶碗だ」

佐輔が驚いて則夫を見た。

「おかげでいまりとイルカを見に行く約束が飛んだ。かみさんとも別れた。作ったヤツの顔と手が見たい。そう思っていた」

「割りかしええ男やったやろ」

佐輔が両手の指を広げて則夫に突き出し、笑った。

「因果だな」

則夫も笑い、決戦の場へと二人並んで歩き出した。

絹田家はオークション会場に化けていた。庭先にしつらえられた台に白いクロスがかけられ、その上に品物が並べられていく。もちろん目玉は幻の利休の茶碗で、あとはにぎやかしの添えものだ。

「なんだこれは」

下見が始まる直前、則夫は譲り状をあらためて、おかしなものを見つけた。花押《かおう》の下にひげのような模様がついている。こんなもの、なかったはずだが。佐輔に聞いても知らないと言う。首を傾げていると、

「それ、鴎《かもめ》」

オークションの競《せ》り手を務めることになっている「土竜」のマスターが近づいて言った。髪をなでつけ、タキシードをビシッと着こなし、いつもの作務衣姿とは見違えるようだ。

「酔って、朝起きたら、おってん」

おいおい……。

鴎つきの利休の花押なんて聞いたことがない。なんてことしてくれたんだよ。ここまで周到に積み上げて、鴎一羽のせいで台無しにされてたまるか。

「カモメて何？」

「ほんまや、カモメや。利休のサインにカモメがついてる」

サクラのよっちゃんと材木屋も来て、能天気にはしゃぐ。本番になっても部活気分が抜けていない。

「いいから、役に徹してくれ」

マスターとよっちゃんと材木屋を持ち場につかせたところに、ピエールが現れた。

「カモメがどないしたん？」

「他人のフリしてろ」

「カモが来たで」

ピエールが見やる先に、樋渡と棚橋が現れた。

佐輔の姿を見られてはまずい。蔵に隠れさせる。だが、鴎は隠せない。腹をくるしかない。ケチをつけられたら、そのときはそのときだ。

「なんと緑楽ですか。こう来ましたか」

聞き覚えのある声に振り返ると、

「利休の幻の茶碗が見つかったと噂を聞きつけまして」

見覚えのある丸顔が、初めて見る男と現れた。

「現存する長次郎が残した作品でいちばん古いものが、重要文化財の二彩獅子《にさいしし》像《ぞう》。白化粧地に緑と白の釉薬《うわぐすり》、二つの彩りで二彩、ですね。作られたのは天正《てんしょう》二年春。楽茶碗のルーツとも言われています」

滔々としゃべり続ける学芸員を、こいつ誰やという目で樋渡が見る。

「文化庁の文化財部長さんや」

学芸員が連れてきた背広姿の男を見て棚橋が樋渡に囁く。それを聞いて、道具屋たちがどよめく。

「なんで役人が道具市に来るねん？」

「野暮やないか」

文句を垂れつつ、日本人はつくづく権威に弱い。冷やかし半分だった道具屋連中の目の色が変わった。文化庁が来たおかげで、思わぬ箔がついた。

「ゲイジュツの国粋シュギ的囲い込みデスカ?」

ピエールがいつもよりなまりのきつい日本語で皮肉たっぷりに文化庁に話しかけたが、文化庁は相手にしない。

「ハロー。ナイス　トゥー　ミーチュー」

学芸員は丸顔をほころばせ、関西弁訛りの英語でピエールに話しかける。利休だけでなくガイジンも好きらしい。ピエールの襟の紋章に目をやり、スペンサー卿でいらっしゃいますかと興奮し、ならばロンドンの人間だろうと勝手に決めつけて話を進め、大英博物館への偏愛を語る。

「大英博物館て言うてますな」とそこだけ聞き取れたらしい棚橋が言うと、

「ダイエー。ワタシの家、近所です。歩いて十分、近いです」

それを聞いて、よっちゃんと材木屋がひそひそ言い合う。

「大英博物館て、ダイエーていうん?」

「聞いたことないで」

ピエールがフランス人でもイギリス人でもなく関西人だと則夫が聞いたの

は、オークションの少し前だ。

本名は遠山金太。売れない海の絵ばかり描いていたのはピエール本人だった。

母国語は関西弁。英語は話せないが、「ガイジンが日本語しゃべれるんはおかしい」と学校でいじめられ、ヘタクソな日本語でガイジンを演じるようになったという。

堺育ちで、家はダイエー北野田店のそばらしい。

「この利休、本物やと判断がつきましたら、速やかに国が買い上げます。運慶では痛い目に遭いましたから」

文化庁が思い出して悔しさを新たにしながら言う。

ある会社員が給料で買える値段で購入した仏像が、実は運慶が作ったものだとわかった。だが、購入金額の折り合いがつかず、国が重要文化《じゅうぶん》財指定できないまま、仏像は海外のオークションにかけられてしまった。

落札価格は手数料込みで約十四億円。文部科学省の国宝重要文化財等《とう》の買上げ予算ほぼ一年分に相当する金額だった。

「ここまで価格が吊り上がっては、国は指をくわえて見ているしかありません。あんな思いは、二度と……」

文化庁が涙で声を詰まらせると、棚橋が続きを引き取った。

「落札したんは幸いにも日本の買い手さんで、国外流出は免れたんです。けど、あの一件以来、重要文化財の可能性がある品が市場に出るんを聞きつけると、こないして駆けつけてくれはるんですわ」

「日本のゲイジュツをセカイに広めるのも、アナタ方の仕事デショ？」

「シャラップ！　あんたらみたいに骨つき肉かぶりついてる連中に日本の宝は渡しまへんで。日本で展覧会開くのに、なんであんたらに頭下げて借りて回らなあきまへんのや？　ボストン美術館が『浮世絵の正倉院』呼ばれて、正倉院が泣きまっせ！　歌麿も北斎も日本に帰りたい言うて泣いてまっせ！」

文化庁がハンカチで涙を拭いながらピエールに敵意をむき出しにしていると、

「むむっ、これは！」

譲り状を検分していた学芸員が興奮した声を上げた。

鴎が見つかってしまったか……。

動揺を抑え、学芸員の次の言葉を待つ。すると、

「利休が茶碗を贈った相手は、あの通仙院ですか！」

「はい、通仙院こと半井瑞策《なからいずいさく》。秀吉の覚えめでたく、茶の道にも通じていた医師です」

安堵して舌が滑らかになる。学芸員はますます調子づく。

「なるほど。それでこの茶碗が歴史に埋もれていた理由がわかりました。秀吉に睨まれんように、利休から茶碗を贈られたことを隠していたんでしょう」

「ええ、私も同じ解釈です。半井瑞策が正親町《おおぎまち》天皇から賜った医学書『医心方《いしんぼう》』も長らく半井家に眠っていました」

「千宗易《せんのそうえき》が利休の名前を賜ったんは、秀吉が正親町天皇にお茶を点てはった禁中茶会やないですか！　利休と通仙院は正親町天皇つながりですか！」

学芸員の饒舌《じょうぜつ》が助け舟になった。もっとしゃべってくれ。一同の関心を鴎から逸らしてくれ。

「『医心方』いうたら、現存するわが国最古の医学書やないか」と棚橋が言う。

「ええ。一九八四年に国が買い上げて、国宝になりました」と文化庁が言う。

「国宝……」

捕らぬ狸の何とやら、樋渡の声が震える。

棚橋が譲り状にぐっと顔を近づけた。花押の下のひげのような模様を見て、これは何かと首を傾げる。

今度こそ鴎が見つかったか。

則夫が天を仰ぐと、二階のバルコニーから庭を見下ろしているいまりと目が合った。その隣には道楽息子の姿があった。

いまり、見てろ。今こそ父親の仕事を見せてやる。

棚橋に近づき、耳元で囁いた。

「わたくしが、ここに利休の魂が宿っていると感じたのは、その鴎が決め手なんです」

「鴎？」

「鴎！」

棚橋が聞き返し、学芸員が声を弾ませる。

「津田宗及《そうぎゅう》の息子、江月宗玩《こうげつそうがん》の語録を集めた『欠伸稿《かんしんこう》』、その中で利休のことを『鴎』と呼んでいるのは、棚橋先生ならもちろんご存じですよね？」

学芸員に聞いた話を受け売りすると、当然と棚橋はうなずき、『欠伸稿』の一節をそらんじる。

「利休宗易居士《そうえきこじ》の幻容《げんよう》、常に江南野水《こうなんやすい》の流れに対す、白鴎《はくおう》、眼《まなこ》を具《ぐ》して、同遊《どうゆう》と叫ぶ！」

途中から学芸員が加わり、棚橋の声に力強く唱和した。

流れを取り戻した。あとは勢いに乗って、鴎と利休を重ねて語れば良い。

「利休の生き方は、大海原を舞う鴎そのものでした。しかし、秀吉に近づくほど、利休はがんじがらめにされて身動きが取れなくなった。切腹によって秀吉の呪縛から解かれることになったとき、利休は、これで鴎になれると思ったのではないでしょうか」

棚橋が感じ入ったように目を瞑り、うなずく。酔っぱらいの筆が滑って生まれた鴎の傷は、結果的には「利休」の説得力を強めた。

利休、利休と繰り返しながら、則夫の頭の中で利休は野田佐輔に置き換わっていた。棚橋清一郎と樋渡開花堂の呪縛から自由になろうとした野田佐輔もまた、囚われの鴟だった。

俺もそうだったのかもしれないと則夫は思う。「光悦」を騙った古狸とグルの鑑定家に当てつけるように店を手放し、家族と別れ、自分の不遇をやつらのせいにし、たった一度の過ちに縛られてきた。この「利休」であいつらの鼻を明かせたら、ようやく前を向けるのだろう。

下見が終わり、競りが始まる。

五百万、一千万、二千万、三千万……。

四千万。「光悦」を超えた。

まだ行け。もっと行け。祈る気持ちで「大海原」を見つめる。この大海原は、きっと、ピンクのイルカが泳ぐアマゾンの海につながっている。

いまり、この勝負に勝ったら、今度こそ約束のイルカを見に行こう。

茶碗焼き　蜥蜴《とかげ》

決戦の朝、佐輔が起きたとき、カワウソは「柴田」でカフェオレを飲んでいた。

「これでカフェオレでも飲むって言っただろ」

そない言うとったけど、ほんまにカフェオレ飲んどる。そういう男や。

佐輔は奨励賞の茶碗で茶を飲んだ。

若い頃に樋渡と棚橋につかまされた贋物の茶碗、あれは光悦の赤筒茶碗だったとカワウソが白状した。

カワウソが店を手放して奥さんと別れていまりちゃんと離れ離れになったん、おれのせいやったんか。

こういうことて、あるんやなと茶をすすりながら佐輔は思う。

カワウソが絹田の親父の蔵に目ぇつけたんはたまたまやし、「柴田」を気に入ったんもたまたまやし、誠治といまりちゃんが仲良うなったんもたまたまや。いまりちゃんがうちにすき焼き食べに来たんもたまたまたまや。

いや、たまたまやと思てるけど、ちゃうんかもしらん。

康子の顔が見たぁて、「肉の松井」に行ったときのことや。店の表からこっそりのぞいとったら、外から戻った奥さんに見つかった。ちょっとええか言われて、店の二階に通された。

お茶を出されて、驚いた。おれが若い頃こしらえた湯呑みやった。これだけやないでと奥さんは次々出してきた。茶碗やら小皿やら。

知らんかったわ。康子、肉買う金がのうて、おれの器で払てたんやな。

「これ大事に持っとってください、いつかビル建ちます、松井ビル」言うて。器で払た康子も康子やけど、肉売った奥さんも奥さんや。いまだに建ってへんで松井ビル。

そんで康子は肉の松井で働くようになったんやな。絹田の親父に骨壺頼まれたんも、康子が売り込んで、松井の奥さんが誰か焼きもん欲しい人おらんやろかて探してくれたんやな。

たまたま康子が肉屋でパート見つけて、たまたま骨壺欲しがってる人が奥さんの知り合いなんやて思とった。康子がなあんも言わんから、知らんままやったやん。

すき焼きの夜、康子がカワウソを引き止めたんも、松井の肉を食べさせたかっただけやない、なんか考えがあったんやろか。

カワウソとすき焼き食うてなかったら、一緒に組もういう話にはなってへんし、大海原も生まれてへん。

そもそもおれがつかませた「利休」がニセモンやて、あいつが気づかんかったらそれっきりやった。

「棚橋先生には聞こえませんか。京の都に散った利休の命のひとしずくが帰る大海原を作らんとして、死にもの狂いで土をこねた、陶工の鬼気迫る叫びが！」

絹田家の蔵の扉の陰に隠れて、オークションを見守った。カワウソの言葉を聞きながら、大海原に取り組んだ日々がろくろを回すみたいに頭ん中を巡った。

粘土掘って、ふるいにかけて、乾かして、寝かして、こねて、形作って、削って。形が決まるまでに、粘土何十キロ使《つこ》たやろか。

茶碗こしらえるとき何考えてるんかカワウソに聞かれたことがあった。パンクしそうなくらい色んなこと考えるでとおれが答えると、マラソン走ってるときみたいな感じかとカワウソは言うた。

知らんわ、おれ真面目にマラソン走ったことないし。学校のマラソン大会も本気出したことない。いっつもケツのほうをちんたら走っとった。

何やっても中途半端で長続きせえへん。続いてるいうたら、茶碗焼くことだけや。なんやかんや言うて、おれ、好きなんやな。

カワウソとそんな話をするようになったんは、ケンカしてからや。

おれが緑楽こしらえるて言うたら、カワウソは渋りよった。利休好みの楽茶碗いうたら赤楽か黒楽や。緑楽なんか奇をてらい過ぎや博打や。変化球やのうて、ど真ん中投げんかい言うわけや。

「奇をてろとんのとちゃうわ！　利休がこの茶碗や言うてるんや！」

頭に血がのぼって言い返した。

「利休は中国渡りの古い茶道具が一番やて言われとった時代に楽焼を思いついて形にして、ええやろこれええやろ言うて、ええがなええがなて時代について来させた男や！　せやろ？　あんたがそない吹き込んだんやで！　そんなでかい男の最後の茶碗を、何を小そうまとめようとしてるんや！　だいたいあんたおれに言うたやないか、歴史のケツを追いかけるんやない、あんたが歴史を作るんやて！　見たことあるような黒楽のコピペみたいなん置いて行くようなちっこい男ちゃうで利休は！」

茶碗のことであんな熱なったんはいつぶりやろか。カワウソが止めたかて作ったろと思た。誰もたどり着いたことのない大海原。そこにたどり着いたる。この手で。

郷土資料館の館長のおっちゃんが「あんたのその手や」言うてくれた、親父から授かった手。その手に、粘土の掘り方、寝かせ方、こね方、焼きもんのあれやこれやを授けてくれたんは、おっちゃんや。

粘土を食べると何が入っているかわかるんやと教えてくれたんもおっちゃんや。

「酸っぱい味がするんは有機物が炭化した木節粘土の味や。土の養分を吸った木の節が地面に落ちて土を作るんや。地面の上と下はつながってる。生きてるもんと死んでるもんはつながってる。あんたもおっちゃんも、いずれ土になって焼きもんになって、どっかの家の食卓でごはんよそわれるかもしらんで」

おっちゃんは粘土を放り込んでねちょねちょになった口を動かして言うた。

全部つながってる。泥山をそびえさせた手も、ねんどクラブで支配者になった手も、空き地で茶碗の欠片を拾った手も、郷土資料館のおっちゃんを手伝った手も、大学で康子に見つめられて作陶した手も、アホみたいに光悦を写し続けた手も、今の手につながってる。

親父の手につながって、じいちゃんやご先祖さんの手につながって、利休の時代の手につながってる。

おれに流れてるもん、おれが受け取ったもん、全部つぎ込んで大海原を手繰り寄せたろやないか。茶碗を焼けるんは、土くれから生まれて土くれに戻るまでの間だけや。

カワウソは、おれの心意気を買《こ》うてくれたらしい。ケンカしてからは、好きなように暴れさせてくれた。

二人で黒釉を擂《す》ってたときのことや。「このくらいで」とカワウソが擂るんをやめた。乳鉢の中の黒釉は、微妙に粗さが残っとった。それを見て、おれはうれしなった。

擂り過ぎて粒子が均一になってしもたら、焼き上がりが単調になって、のっぺりして、おもろなくなる。せやけど粒が残り過ぎたらあかん。そのぎりぎりのとこでカワウソは止めた。

こいつ、わかってるやん。わかってきたやん。おれら趣味合うやん。

黒釉と青釉の割合をちょっとずつ変えて、一個ずつ焼いた。炭窯の厄介なんは、火の加減が毎回違うことや。奥と手前でも温度が違うから釉薬の溶け方が違《ちご》てくる。

寝ても覚めても大海原。明けても暮れても大海原。苦しかった。けど、逃げたいとは思わんかった。

光悦の赤筒茶碗が褒められたときは、今まで写した光悦と何が決定的に違うんか、ようわかってなかったけど、今回はわかる。

これが利休の最後の茶碗や。大海原や。

康子、今さら何言うてんのて呆れられそうやけど、この茶碗であいつらの目を眩ませられたら、おれ、やっと陶芸家になれる気がするんや。

そのときは野田君ようやったて頭なでてくれるか。なあ康子。


サクラの道具屋らの声が聞こえる。

「一千万！」

「二千万！」

「三千万！」

まだまだ行くで。こんなもんやないで。あの「光悦」かて四千万で売れたんや。

「五千万！」

どっかで聞いたことある声やなと思たら、康子が現れた。オークションのこと、誠治から聞いたんやろか。棚橋と樋渡が康子の顔を覚えてるんとちゃうかて焦ったけど、気ぃつかれんかった。康子もそれなりに年食った、いうことやろか。

五千万。奨励賞の茶碗を康子が買い戻した百万の五十倍や。

野田君、よう頑張った、いうことやんな。その気持ち、もろとくわ。

庭の隅で、誠治が作っとった模型が出来上がっとった。パスタのゆで加減みたいな名前やったな。アルデンテやなくてアルデンヌや。こんなんで食うていけるんかて聞いたら、こんなん食われへんでプラスチックやもんて誠治が言い返したんがえらい昔のことに思える。

深い緑色の軍服を着た戦士の人形が並んでる。鉄砲抱えてるやつ、見張りしてるやつ、地面に這いつくばってるやつ。細かい部品ピンセットでつまみ上げて、ちまちまくっつけて、ヒマも要るけど根気も要るで。誠治のやつ、伸びたパスタにしては根性あるやないか。

戦士の一人が両手で受け止めてる丸っこいもんに目が留まった。軍服の色より少し明るい緑色。

ヘルメットか？　ちゃうわ。これ茶碗やん。緑楽やん。こんなちっちゃい茶碗、誠治がこしらえたんか。

なんや、父親の仕事、ちゃんと見てくれとったんか。真似してくれたんか。お父ちゃんがんばったで。まだ燃えカスが残っとったわ。お父ちゃん、ちょっとはカッコようなったか。

誠治のアホ。こんなときにお父ちゃん泣かせてどないするねん。

鑑定家　古狐《ふるぎつね》

樋渡に引っ張られる形で棚橋は絹田家に来た。

「こないだあのガイジンに痛い目に遭わされたさかい、取り返さな気がすみまへんのや」

樋渡は一週間前の競りでガイジンと競り合った香炉のことをまだ恨んでいた。

なかなか値が動かんのに焦れて樋渡が声を上げると、ガイジンが吊り上げ、張り合いになった。数万ついたら上出来の香炉が十万二十万と値を上げた。ガイジンが「八十万！」と言い、樋渡が負けじと「百万！」と張ったところで、ガイジンが黙った。

樋渡はババを引かされて、いらん香炉を百万で買わされた。道具屋の獺《かわうそ》がそこに居合わせて、声をかけてきた。前に樋渡開花堂に「柴田」を売りに来た男や。

「いい買い物をなさいましたね。日本の宝は、日本人に守ってもらってこそ値打ちがある。利休の茶碗もぜひ見にいらしてください」

うぶ出しの利休の茶碗をオークションにかけると獺は言った。出所は堺で、香炉を競ったガイジンが狙っているらしい。

「本物やとしたら、あのガイジンに渡すわけにはいかん」

樋渡は息巻いていたが、棚橋は冷ややかだった。

幻の利休の茶碗なんか、今さら出るかいな。しかも、オークションの案内をよくよく見たら、会場は大美野の絹田家やないか。あの締まり屋の蔵たたいたかて、埃しか出えへん。

紛いもんなんはわかってる。けど、どんな代物を出してくるんか、話のネタに見てやろか。

棚橋だけではない。絹田家に集まった面々は、おおかた冷やかしに来ていた。

ところが、文化庁の文化財部長が現れて、茶碗が本物やったら国が買い上げると言い出した。

手をこまねいてるうちに海外のオークションに出されてしまった「運慶」の二の舞は、もうごめんや、早めに唾つけとこ、いうわけや。運慶の落札価格は手数料込みで十四億。これはひょっとしたら、ひょっとするんとちゃうかと絹田家の庭がにわかに活気づいた。

クリスティーズで十二億つけた油滴天目、あの茶碗は元々中国から日本に渡ったもんやが、利休は日本の宝、日本から出すわけにいかんと文化財部長は鼻息が荒かった。

「ジュウブン、日本から持ち出せない、困りマス！」

樋渡と香炉を競り合ったガイジンは、色めき立って買う気を見せた。

一同がぐっと身を乗り出し、「利休」を取り囲む輪がひとまわり小さくなった。

書状と茶碗と箱書きのある共箱がそろっている。書状は「通仙院殿へ」と宛て名があり、文面は茶碗の譲り状で、和歌をしたためてある。

利休の辞世の句いうたら、切腹の日の二日前に書かれたという《人生七十力囲希咄《りきいきとつ》 吾這寶剣《わがこのほうけん》 祖佛共殺《そぶつともにころす》 提《ひっさぐ》る我得具足《わがえぐそく》の一太刀 今此時ぞ天に抛《なげうつ》》が有名やけど、譲り状の日付はそれより後、腹を切って命尽きた当日の天正十九年二月二十八日。筆運びも花押も利休のもんやと思われた。

共箱にも利休の筆やと思われる「通仙院」の箱書きがあった。

崩し字を読めん樋渡のために声に出して読み上げてやったが、樋渡は「つうせんいん」が何のことかわかってへん。ようそんなんで古美術屋やってこれたもんや。しかも堺の人やで通仙院さんは。

通仙院こと半井瑞策《なからいずいさく》。秀吉の覚えめでたかった医者や。利休の時代の医者は今よりずっと高貴で、権力にも近い存在やった。半井瑞策はとくに茶の道にも通じて、茶と政《まつりごと》の交わりの中に身を置いとった。京都と堺を行き来しとったことも利休に通じる。この二人に交流があったことを示す史料は見つかってないが、あったとしても不思議やないし、あったとしたら面白いと思わせる組み合わせや。

利休は秀吉が正親町天皇に茶を呈した天正十三年の禁中茶会の際に「利休」

の名を賜った。その正親町天皇から現存するわが国最古の医学書で国宝にもなっている『医心方』を賜ったんは半井瑞策や。

利休と通仙院を結ぶ線はいくつも考えられる。せやけど、最後の茶碗を贈る相手に選ぶほど利休と通仙院が親しかったんかは確証があらへん。

あの場で目の色変えた道具屋連中は、そんなことを考えとった。文化庁文化財部長、部長が連れてきたようしゃべる学芸員、日本語は下手やけど骨董のことは樋渡より明るいガイジンもや。

譲り状と桐箱には、ひょっとしたらと思わせるものがあったが、茶碗を見て困惑した。青釉を総がけした楽茶碗。徹底的に茶の色を際立たせることにこだわっとった利休が、こんな茶映りの悪い茶碗をわざわざ作らせるやろか。

古くは長次郎が天正二年に焼き、楽焼の先駆けと言われる二彩獅子《にさいしし》にも青釉は使われている。同じく長次郎の三彩瓜文平鉢《さんさいうりもんひらばち》にも使われている。けど、青釉の楽茶碗いうんは見たことがない。

青釉は色の調節も難儀や。青が出過ぎると下品になる。織部の青は高温で焼くから、あない鮮やかな色が出る。楽焼は低温で焼くし窯も小さい。青釉をしっかり溶かしきって、こないな翡翠《ひすい》色を出すんは熟練の技も勘も要る。あの時代の陶工の手に負えたやろか。

これを焼いたんは長次郎かと獺に聞いた。

樂家《らくけ》初代の長次郎は利休より先に没したという説が有力や。となると、長次郎に手がよう似ていると言われる二代目の田中宗慶《そうけい》か。

「長次郎が存命だった可能性もないとは言い切れませんが、陶工の名前よりも大切なのは、利休がこの茶碗に込めた想いではないでしょうか」

獺は、うまいこと答えをはぐらかした。

そのときや。譲り状の利休の花押の下に、奇妙な模様がつけ足したように描かれてあるのに気がついた。

なんやこの髭みたいなんは。

利休の鴟やと獺が囁いた。

これが鴟?

「鴟!」

ようしゃべる学芸員が声を弾ませよった。

樋渡はピンと来てへんようやったが、堺で古美術屋やるんやったら、『欠伸《かんしん》稿《こう》』ぐらい読んどかんかいな。津田宗及《そうぎゅう》の息子、江月宗玩《こうげつそうがん》の語録を集めた本や。欠伸《あくび》と書いて、かんしん。昔は呼吸のことを欠伸と言うたんやな。

その『欠伸稿』の一節に、鴟が利休さんのことを仲間やと呼ぶくだりがある。

「利休の生き方は、大海原を舞う鴟そのものでした。しかし、秀吉に近づくほど、利休はがんじがらめにされて身動きが取れなくなった。切腹によって秀吉の呪縛から解かれることになったとき、利休は、これで鴟になれると思ったのではないでしょうか」

獺が演説をぶった。

ひょっとしたら、利休は通仙院を一方的に慕っとったんかもしらん。片想いや。あの時代、医者は茶頭《さどう》よりもずっと自由やった。秀吉に近づいても取り込まれることなく、半井瑞策は、人も土地も気の向くままに行き来できた。

囚われの身の鴟は、そんな通仙院の生き方に憧れ、あやかりたい気持ちも手伝《つど》うて、大海原の茶碗を贈るならこの人にと見込んだんかもしらん。

カンボジアで見た光景が再び棚橋の脳裏に蘇った。

百ドル紙幣と引き換えに籠から放たれた小鳥らは、すぐまた籠に戻された。あの小鳥ら、あれから何遍籠を抜けたのやろか。

利休いう鴎は、秀吉いう籠が窮屈になったんかもしらん。その籠から抜けるたったひとつの方法は、命を絶つことやったんかもしらん。

庇護と束縛は紙一重。利休は秀吉に守られてるようで縛られとった。

まるで、わしと野田君のようやないかと棚橋は思う。

棚橋清一郎は野田佐輔いう鳥を籠に閉じ込め、自分が見たい茶碗を作らせ続けようとした。この鳥は金の卵を産むんやないやろかと勝手な期待を寄せて、なんとかして産ませようと追い込み、なだめ、手を尽くした。

あんな見事な卵を産む鳥、どこでつかまえたのやと無能な連中に聞かれたら、あんたの目の前におったやないかと言うて、相手が打ちのめされるのを見て憐れんでやりたかった。

日本の陶芸美術のためとか何とかほざいて、つまるところは自分、自分やないか。

ようやく産まれた金の卵、もちろんあの「光悦」のことや、それをなんとかして守らなあかんというんは建前で、樋渡に脅されたからというんは言い訳で、本音は金に目が眩んで鑑定書を偽った。

「私は悪者になってもかまいません。日本の美しい陶芸が生き残れば、本望です！」

もしも鑑定書の嘘が暴かれて、世間の非難にさらされる日が来たときには、テレビカメラの前で泣く用意はできとった。

それやのに、野田佐輔は。

わしは鑑定家の看板まで賭けたのに、あいつは恩を仇で返しよった。面目丸つぶれや。どないしてくれるんや。それかて勝手な言い草や。自分の思い通りにならん利休に憤る秀吉そのものやないか。

「その鴟の帰る場所が、この茶碗なのです。執着の鬼、利休の底なしの無念を受け止めるわたのはら。生涯最後の茶碗は、誰もたどり着くことのない大海原でなければならなかったのです」

獺の演説は、棚橋一人に向けられているように聞こえた。

鴎の帰る大海原。なんでわかるんやと問うと、

「この茶碗に書いてあります」

獺は静かに答えた。

こいつは茶碗の声を聞ける。「光悦」の本性を見抜いた関東の道具屋いうんは、ひょっとしたらこの男やないやろか。

青釉楽茶碗。わしの知っている利休なら、こんな色は焼かせんはずや。せやけど、獺の話に耳を傾けていると、道理に合わんその色が、その色でなくてはならんようにも思えてくる。

茶を引き立てるんやのうて茶碗に溶け込ませる。意表をついた色には、政《まつりごと》に首を突っ込んだばかりに命を取られるのやない、茶と心中するのやという茶頭の意地が見えた。

見よ秀吉。死んでも、わが命のひとしずくは茶とともにある。

棚橋清一郎は、たしかに、利休最期の反骨の叫びを聞いた。

五　嘘八百

うぶ出し屋　獺《かわうそ》

はい、お電話ありがとうございます。全国どこでも出張買い取り、古美術獺です。

堺の樋渡開花堂の代理人？　ああ、弁護士の方ですか。

はい、内容証明郵便、受け取っています。中身も確認しました。樋渡開花堂が支払った落札代金一億円、それを全額返して欲しいという申し立てですよね？

消費税？　税込みで一億八百万円。そうでした。はい、たしかにその金額で売買は成立しています。

回答書は送っていませんが、そちらの請求には応じられません。

理由は、樋渡開花堂の社長がよくご存じのはずですが。社長がお忘れでしたら、お伝えください。

騙されたほうが悪い、と。

ええ、もちろん、弁護士さんのおっしゃる通り、道具屋が素人を騙すのは詐欺です。写しや贋物を本物だと偽って、不当な高額で売りつけるのは犯罪です。

しかし、本物か贋物かを判断するのは、買主《かいぬし》ご本人です。贋物をつかまされるというのは、見抜けなかった道具屋が自滅しただけのことです。

そのことをまだ若かった頃の私に教えてくれたのが、樋渡開花堂の社長です。まさかお忘れになっているはずがないと思いますが、あの方も、もう八十ですからね。昔は忘れたふりがお上手でしたけど、今は本当に忘れていらっしゃることもあるかもしれません。

本物の利休の茶碗？　そのようには申し上げておりません。

裁判をなさっても、樋渡開花堂さんには何の得にもならないと思いますが。贋物を見抜けなかったと言いふらすようなものじゃありませんか。老舗の看板にわざわざ傷をつけなくても……。

ああ、なるほど、それで、できれば示談でまとめたいというわけですか。どうしても一億八百万円を返還して欲しいとおっしゃるなら、こちらも返還要求をさせていただきます。

二十年前、樋渡開花堂さんから譲っていただいた赤筒茶碗。その代金四千万円をお返しいただきたい。

棚橋清一郎の鑑定書がついていた「光悦」と言っていただければ、おわかりになるはずです。

ちょっとお待ちください。今計算しますので。

元利四千万円、年利五パーセントとして、複利で二十年かけると、一億六百十三万千九百八円。そちらの請求額が一億八百万円。差し引き二百万円弱。裁判の片《かた》がつく頃には、こちらの請求額のほうが上回るかもしれません。

もし成功報酬で受任なさっているのでしたら、骨折り損ですよ、弁護士さん。

茶碗焼き　蜥蜴《とかげ》

どうも。ちらかってますけど、どうぞ。わざわざ訪ねて来てもろてすみません。カミさんがパートに出かけてまして。お茶淹れましょか。いりませんか。

ああ、名刺は書類と一緒に送ってもろてますので、結構です。

内容証明、これですね。ざっと見ましたけど、これはどういう意味なんか……。

差出人の白鷺法律事務所というのが、そちらさんですよね？　それで、中身は樋渡開花堂からの訴えになってるやないですか。

ああ、樋渡開花堂の代わりに弁護士さんがこの郵便を出した、そういうことですか。

代理人？　本人の代わりにそちらさんが交渉して、話をまとめる？　野球のドラフトみたいなもんでっか。なんとなくわかりました。

それでこの内容なんですけど。落札代金一億八百万円がどうたらいう……。

は？　こっちに払えと言うてきてるんですか？　樋渡開花堂の社長が？　おれに一億八百万円騙し取られた、言うてるんですか。

詐欺やて。よう言うわ、あのオッサン。

社長のことは、よう知ってます。けど、なんでこっちに請求が来るんですか？　ここに書いてある利休の茶碗いうのを野田佐輔がこしらえた、いうことになってるんですか？

棚橋清一郎がそない言うた？　何を根拠に？　いや、何のことやらさっぱり。

棚橋清一郎のことも、もちろん知ってます。テレビで知ってるだけやのうて、あの人が審査委員長やったときに賞もろたんです。現代陶芸美術展の奨励賞。もう二十七年も前ですわ。樋渡開花堂の社長もあの人に紹介されました。

利休の茶碗、持って来てはるんですか。はい、見ましょか。

はあ、これがその茶碗ですか。あれ？　これ、なんで継いであるんです？

ほら、ここ。割れた、いうことですか。

あ、いや、割れてへん状態を知ってる、いうことやなくて、継ぎの部分が新しく見えたもんやから、最近割れたんかなあと……。違いますて。しがない茶碗焼きに、こんなんよう作れませんわ。

古美術カワウソ、はい、会《お》うたことあります。絹田家で留守番してたときに、蔵見せて欲しいて言うてきたんです。はあ、そのカワウソいう人も昔、樋渡開花堂と棚橋清一郎に痛い目に遭わされたんですか。世の中狭いでんな。

利休の茶碗のことは知りませんけど、一億八百万はお返しできません。弁護士さん、社長に言うたってください。

おれから千円二千円で買い取った写しで、どんだけボロ儲けした思てんねん。あんな立派なビル建てて、おれが建てたったようなもんやで。一億八百万は未払金の回収や、てな。

被害者友の会でも作って、こっちが裁判起こしたってもええんやけど、それも面倒やし。裁判て、なんぼしますのん？

それにしても、棚橋清一郎は、なんでおれがこしらえたて言うてるんやろ。あの人、おれのこと覚えてたんやな。なんか聞いてます？　聞いてませんか。

鑑定家　古狐《ふるぎつね》

どうもお待たせしました。棚橋清一郎です。局の中やと、誰が聞いてるかわからんさかい、こっちに移ってもらいましたんや。

ああ、ちょっと。紅茶。あったかいのん。いらん。ミルクもレモンもいらん。

ほら、あの子、奥に注文伝えて、私のこと教えましたで。ちらちら見てますやろ。どこ行ったかて、こうですわ。週一回のテレビでも、三十年もやってるとね。

せやから困るんです。なかなかつかまらんからて、局まで押しかけて、受付で弁護士やて正直に名乗ったらあきまへん。弁護士が訪ねて来たいうたら、どんな勘ぐりされるかわかりまへんで。ワイドショーの餌食になったら、かなわんわ。近頃は週刊誌も怖いでっせ。

そない若《わこ》ぅ見えへんけど、バッジ、ピカピカやな。あんたまだ新米かいな。

そんで、弁護士さんが何の用ですか。

内容証明？　いや、見てまへんな。受け取りのサインしたことになってますか。なんせ郵便がどさどさ来ますのや。外でも家でもサインばっかししてますのや。

控えをお持ちですか。それやったら、ここで見せてもらいましょか。

ちょっと、これ何ですのん？

一億て、あんたでかい声出しなや。わしだけに聞こえるようにしゃべりぃな。

利休の茶碗代？　なんでわしが払わなあきませんのん？　あれが割れたんは、事故でっせ。あの人が浮かれて、クリスティーズに出す言うさかい、それはあかん、やめときて止めましたんや。茶碗の口の端と端を引っ張り合《お》うてるうちに、茶碗が手から離れてしもたんです。

虚偽の鑑定？　何言うてますのや。私は、利休が焼かせた茶碗とは言うた。利休の時代の茶碗やとは一言も言うてません。今になって鑑定が間違《ちご》うてたから金返せて言われても、そら言いがかりいうもんですわ。

テレビでもいつも言うてますけど、鑑定額なんか関係あらへん、持ち主が愛着持ってずっと手元に置いておきたい、そない思える品がお宝になるんです。大事に持っときやて言うたのに、あの人は、さっさとクリスティーズに話持ちかけて、目録の表紙飾る話までちゃっちゃと進めて。出しても恥かいたやろけど、引っ込めても大恥ですわ。

油滴天目の十二億円を超えたろて息巻いとったんが、一億をドブに捨ててしもた。あの人にしてみたら、踏んだり蹴ったりやろけど、こっちに八つ当たりされてもなあ。

それにしても、あの野田佐輔に、あんだけの茶碗を焼く力があったとはなあ。

そうや。現代陶芸美術展で奨励賞を授けた茶碗。アスファルトを割って顔を出す雑草みたいな生命力を秘めたあの茶碗を見たときに、わしは利休が茶の湯の理想の境地として引いた藤原家隆《ふじわらのいえたか》の和歌を思い起こしたんやった。

花をのみ待つらん人に山里の
雪間の草の春をみせばや

長く厳しい冬の寒さを乗り越え、雪の間から顔をのぞかせる若草。その静かやけど力強い息吹に、利休はわび茶の心を見ていた。

野田君、雪間を割って、陶芸家の体になったやないか。体ができたら、どんなことがあってもぐらつかん。大丈夫や。大地に根っこを張って、あんたの好きなように伸びていったらええ。

いや、こっちの話ですわ。

弁護士さん、樋渡開花堂の社長はね、私より野田佐輔の茶碗をようけ見ているんです。ほんまやったら、私より先にあの人が見抜けてなあきまへんのや。

その茶碗であの守銭奴《しゅせんど》がどんだけえげつない金儲けしてきたか、知ってはりますか。ほんま、こっちが口止め料欲しいくらいや。

社長に言うたってください。そないに裁判したいんやったら、法廷立てるようにしたりましょか。民事やのうて刑事で。

語り部　鴎《かもめ》

鴎が空を舞うようになって、四百年あまり経つ。正確には天正十九年二月二十八日、西洋の暦で表すと一五九一年四月二十一日以来であるから、四百年と四半世紀。地上に暮らす頃から「鴎」と呼ばれていたから、それが空に舞い上がっただけのことである。

久しぶりに故郷の堺へ舞い戻り、面白いものを見た。獺《かわうそ》という名のうぶ出し屋と蜥蜴面《とかげづら》の茶碗焼きの二人組が一世一代の勝負を賭けた、幻の利休の茶碗。よくも人の名前を勝手に使い、勝手な茶碗をこしらえたものである。

しかし、悪い気はしない。むしろ愉快痛快である。

遠い昔のことを思い出した。私の思いつきがなければ、長次郎の赤楽も黒楽も生まれなかった。長次郎の腕がなければ、楽焼茶碗は形にならなかった。響き合うような相方を得て、新たな茶碗を編み出せたのだ。

阿吽《あうん》の呼吸で窯焚きの焔《ほのお》を守るうぶ出し屋と茶碗焼きの姿は、かつての私と長次郎のようでもあり、懐かしさのあまり胸が熱くなったほどだ。

それにしても、青釉を総掛けした楽茶碗とは、珍奇な茶碗をこしらえたものである。

うぶ出し屋と茶碗焼きは「緑楽」と呼んでいたが、利休の時代には緑を青と呼んだと古狐《ふるぎつね》の鑑定家は言い、「翡翠楽《ひすいらく》」と命名した。

呼び方はどうであれ、あの茶碗の色には度肝を抜かれ、面食らった。茶を殺すような色だと思った。ところが、うぶ出し屋の言葉を聞いているうちに、茶と溶け合う色なのだと気づいた。わたのはらの茶碗をこしらえるなら、この色でなくてはならぬ。そんな気さえしてきた。

私でさえ揺らいだのだから、古狐もさぞ揺らいだことだろう。

鑑定家は譲り状と茶碗と共箱の三点を本物だと断じ、樋渡開花堂が買い上げた。うぶ出し屋と茶碗焼きの二十年越しの執念は茶碗に化け、古狸《ふるだぬき》と古狐を欺いたのである。

戦利金は一億円。絹田家の当主が消費税を所望したため、八百万円を上乗せして、一億八百万円となった。人の褌《ふんどし》ならぬ譲り状で相撲を取って、大金星を挙げた。

あっぱれ、嘘一億八百万円也。四百年ぶりに一笑した。

樋渡開花堂に持ち帰られた茶碗はもちろん茶碗焼きが最近こしらえ、老けさせたものである。譲り状と桐箱も絹田家にあった物ではない。「土竜」なる飲み屋に集う悪巧み連中が精巧に写した代物である。

受け取る際に鑑定家は利休三品をあらためたが、時代づけした写しであることには気づかなかった。欲にかられて目が眩んでいたのである。

日を置いて、あらためて樋渡開花堂で利休の茶碗に向き合ったとき、冷静になった鑑定家の目は、茶碗が新しすぎることに気づいた。

頭ではなく腑《はらわた》に訴えかけるような凄みは、野田佐輔の「光悦」を彷彿とさせた。獺と野田佐輔が仕組んだのだと、鑑定家は思い至った。と同時に、「光悦」の鑑定書の嘘を見抜いたのは、やはり獺だろうと確信した。

鑑定家が見込んだ手と畏《おそ》れた目が、出会うべくして出会った。結果として、「光悦」から二十年を経て、新たな金の卵が産み落とされた。

己が籠に閉じ込めた鳥を獺が解き放ったのだ。贋物を見抜けなかった苦々しさにまさる清々しさを鑑定家は覚えた。

この世には、知ったほうが幸いなことと知らぬままが幸いなことがある。野田佐輔の近況を知って過去の亡霊から解放されたのは、古狐には幸いであった。

うぶ出し屋の旧友の画商と元妻の陽子が色仲であることをうぶ出し屋は知らぬが、これは知らぬが幸いの例であろう。

画商に敵意をむき出しにしていた外国人嫌いの文化庁役人は、その後、利休の品々をもう一度見せて欲しいと絹田家を訪ねた。

譲り状と箱はあるが茶碗はないと当主が答えると、ないとはどういうことかと文化庁が問い詰め、当主は困った。最初から利休の茶碗はなかったとは、口が裂けても言えぬ。茶碗をでっち上げ、樋渡開花堂に一億円で譲ったことが知れれば、ただでは済まされぬ。

見ていて私はもどかしかった。茶碗なら、そこにある。当主と文化庁の目が届く棚の上。絵の具を塗りたくられ、下手くそな花と虫を描かれた茶碗。あれこそが譲り状に書かれた利休の茶碗である。

本人が言うのだから間違いない。絵の具の下には、色はすっかり剥げ落ちているが、黒釉を総がけした黒楽が隠れている。

その茶碗を焼いたのは長次郎ではない。田中宗慶《そうけい》でもない。生涯最後の一碗、他の誰かに任せるわけにはいかぬではないか。

鴎は、信長公や太閤殿下の懐刀《ふところがたな》でその生涯を終えるつもりなどなかった。天下のお茶頭《さどう》様もまっぴらだ。市中の山居を求めた利休居士ではなく、堺の海を毎日眺めた与四郎に戻って、その生涯を終えたかった。

その渾身の一碗が、まさか、子どもの手で色とりどりに彩られようとは。陶工ではない鴎の腕前は、その程度だったということか。わびさびの欠片もない無惨な姿にされてしまった。

しかし、元来、あの茶碗にわびなどない。うぶ出し屋と茶碗焼きは譲り状の和歌にある「わたのはら」を茶碗で表そうとしたが、私は茶碗に故郷への想いなど託しておらぬ。秀吉の仕打ちに怯え、胸に逆巻く禍々《まがまが》しい感情を封じんとして、あの黒い碗を焼いた。

秀吉に耳と鼻をそがれて無惨な死を遂げた弟子の山上宗二《やまのうえそうじ》、その苗字の由来になった堺の利休屋敷そばの名越の丘の土を混ぜた。怨念の塊のような一碗である。

碗を焼き上げたときは、荒波が凪いだような静かな心持ちであった。己の腹を掻っ切らんとする手で筆を取り、わたのはらの和歌を詠んだ。さもなくば呪い節を書き連ね、末代に目汚しの恥をさらしたことだろう。

あの碗は茶を飲むための器ではない。千利休の魂の墓である。

茶碗の声を聞ける目利きであっても、墓に埋めた声は聞けぬであろう。ただ一人、あの男を除いては。

茶碗焼きの息子、あの男だけは絵の具を塗りたくられた茶碗の正体を知っている。声なき声を聞いている。だが、誰にも言わぬ。言ったところで相手にされぬのをわきまえている。

むっつり押し黙っているからとて、頭の中まで寡黙なわけではない。鴟がまだ何者でもなく、堺で与四郎と呼ばれていた頃によく似ている。

その息子にただならぬ器量を見出したうぶ出し屋の娘は、父親以上の目利きと言えるかもしれぬ。あの娘には特別な親しみを覚える。海豚《いるか》の舞う大海原に想いを馳せ、幼い日に父親に贈られた写真集を抱き続けているとは、何とも好もしい。

父親が叶え損ねた桃色の海豚を見に行く約束は、茶碗焼きの息子と叶えることになりそうである。

資金は潤沢にある。二人の父親が樋渡開花堂から巻き上げた一億八百万円のうち八百万円は絹田家の当主が取り、その残りをうぶ出し屋と茶碗焼きが分けたが、それをまんまとせしめた。娘と息子は父親たちの計画には無関心を装っていたが、事がうまく運んだところで親の寝首を掻いた。

これこそ油断大敵。詐欺師の腕前は親にまさっていたというわけだ。

間抜けな父親二人は、高飛びする娘と息子の飛行機をうぶ出し屋の車から見送った。あの誠治がやっと男になったと茶碗焼きは蜥蜴面をにやけさせ、笑い事かとうぶ出し屋は苦虫を噛みつぶす。

また金作ろと茶碗焼きが言い、あれがあるがなと後ろの座席に目をやる。利休の譲り状と桐箱と茶碗が数組。補欠の利休三品である。

茶碗焼きの携帯電話には鑑定家の言葉がひそかに収められていた。

「誰もたどり着いたことのない大海原……。そうや。利休の最後の茶碗は、この色でないとあきまへん。これは紛れもない利休が焼かせた茶碗です」

棚橋清一郎の肉声の鑑定書やと茶碗焼きは得意げに言い、幻の利休の茶碗売って、もうひと儲けしよと笑う。その手からうぶ出し屋が携帯電話を取り上げた。茶碗焼きが携帯電話を取り返したときには、肉声の鑑定書は消えていた。

何するんやと茶碗焼きがうぶ出し屋を睨みつける。

「利休の茶碗はもういい。あんたの茶碗を売るんだ」

そう言って、うぶ出し屋は「大海原」を手に取る。

「いい面構えしてるじゃないか。四百年待たなくたって、いいうつわだ」

照れた茶碗焼きが窓の外に目をやると、澄んだ空を鴟が一羽横切っていった。

嘘八百

2017年12月1日　第1刷
2018年1月11日　第2刷

著者　今井雅子

企画監修　榎 望

カバーデザイン　印南貴行（MARUC）　常盤美衣（MARUC）
カバーイラスト　山﨑杉夫
DTP・校正　アーティザンカンパニー

監修・協力　小川絵美（古美術商　宮帯）
檀上尚亮（kamakura山陶芸工房）
矢内一磨（日本文化史家）

編集　坂口亮太　志摩俊太朗

発行人　井上 肇
発行所　株式会社パルコ　エンタテインメント事業部
〒150-0042東京都渋谷区宇田川町15-1
電話03-3477-5755
印刷・製本　図書印刷株式会社

本書は映画『嘘八百』（脚本／足立紳　今井雅子）を小説化したものです。

ISBN978-4-86506-244-1 C0095

Printed in Japan

落丁本・乱丁本は購入書店を明記のうえ、小社編集部宛にお送り下さい。
送料小社負担にてお取替え致します。
〒150-0045　東京都渋谷区神泉町8-16
渋谷ファーストプレイス　パルコ出版　編集部